兄さんの味

小料理のどか屋 人情帖23

倉阪鬼一郎

時代小説

二見時代小説文庫

兄さんの味——小料理のどか屋人情帖23

目次

兄《にい》さんの味《あじ》　小料理のどか屋 人情帖23・主な登場人物

時吉《とききち》……神田横山町《よこやまちょう》の、のどか屋の主《あるじ》。元は大和梨川藩《やまとなしがわはん》の侍・磯貝徳右衛門《いそがいとくえもん》。
千吉《せんきち》……時吉の長男。祖父の長吉の店で板前修業に入る。
長　吉《ちょうきち》……浅草は福井町でその名のとおり、長吉屋という料理屋を営む。時吉の師匠。
おちよ……時吉の女房。時吉の師匠で料理人の長吉の娘。
大橋季川《おおはしきせん》……季川は俳号。のどか屋の常連、おちよの俳句の師匠でもある。
寅次《とらじ》……岩本町のころよりの、のどか屋の常連。三代にわたり湯屋を営む。
信兵衛《しんべえ》……旅籠の元締め。消失したのどか屋を横山町の旅籠で再開するよう計らう。
富八《とみはち》……野菜棒手振《ぼてふ》りを生業《なりわい》とし、のどか屋に野菜を卸《おろ》す。常連客でもある。
青葉清斎《あおばせいさい》……竜閑町の本道（内科）医。時吉に薬膳を教える。
益吉《ますきち》……潮来《いたこ》から長吉屋に修行に来ていた若者。本名を益松《ますまつ》という。
信吉《しんきち》……房州の館山《たてやま》から長吉屋に料理の修業に来た十五歳の若者。洗い方を務める。
留蔵《とめぞう》……煮売りの屋台を出す男。長吉屋の若い弟子たちを可愛がる。
丑松《うしまつ》……潮来の新久《あらく》に住む益松（益吉）の父親。
寅松《とらまつ》……益松の弟。兄の跡を継ぎ長吉屋への弟子入りを志願。寅吉と呼ばれる。
真願《しんがん》……潮来の丑松一家の菩提寺、常称寺《じょうしょうじ》の住職。

第一章　思いの寄せ書き（栗ごはん）

一

「じゃあ、これからつくるね」

のどか屋の厨《くりや》に、跡取り息子の元気のいい声が響いた。

千吉《せんきち》の手習いは今日で終わりだ。一緒に学んだ朋輩《ほうばい》たちがのどか屋に詰めかけている。小上がりの座敷と土間は昼からわらべたちの貸し切りだから、いつになくにぎやかだ。

「わあ、楽しみ」

「千ちゃんの餡巻《あんま》き、甘くておいしいから」

「いっぱい食べるね」

朋輩たちの声が響く。

「うん、気張ってつくるよ」

厨から千吉の元気のいい声が響いた。

いくらか離れたところで、父の時吉《ときち》がせがれの仕事ぶりをじっと見守っている。

元武家の時吉が縁あって結ばれたおちよと始めたのどか屋は、二度の大火で焼け出されながらも、そののれんをしっかりと守ってきた。

いまは横山町《よこやまちょう》で旅籠《はたご》付きの料理屋になっている。名物の豆腐飯をはじめとする朝の膳が評判で、六つある泊まり部屋がすべて埋まることも珍しくなかった。

「見るたびに、手の動かし方が上手《じょうず》になってるね」

檜《ひのき》の一枚板の席で、常連中の常連の大橋季川《おおはしきせん》が言った。

平たい鍋に油を引いて小麦粉を溶かした生地《きじ》を伸ばし、ほっこりと炊《た》けた餡を乗せて、くるくると手際よく巻いていく。千吉の菜箸《さいばし》と金べらの使い方は、以前より格段にうまくなっていた。

「この分なら、修業に出ても大丈夫そうです」

もう一人、隠居の季川の隣に陣取った総髪《そうはつ》の男が時吉に向かって言った。

手習いの師匠の春田《はるた》東明《とうめい》だ。千吉を教えるばかりでなく、折にふれてのどか屋にも通ってくれている。

「いえ、料理屋ともなると、覚えることはたくさんありますから」

時吉が答えた。

「精一杯気張るから」

千吉はそう言うと、餡巻きを次々に仕上げていった。

いい按配に焼き色がついている。焦《こ》がしてしまってべそをかいていた前とは雲泥《うんでい》の差だ。

「じゃあ、できた分から運びますからね」

おちよが言った。

「おいらが先だよ」

「早く食いてえ」

次々に手が挙がった。

「順を守りなさい。運んでいただくのを待つことが大事ですよ」

師匠の春田東明がたしなめる。

「はあい」

「分かりました、先生」

わらべたちは素直に答えた。

「はい、お待ちどおさま」

おちよのほかに、のどか屋を手伝う女たちがいる。筆頭格のおけいにおそめ、それに、今日はおこうも手伝いに来ているからにぎやかだ。

「あとで栗ごはんも出すからね」

厨から千吉が言った。

跡取り息子にとってみれば、今日は晴れの舞台のようなものだった。

満で十、当時の習いの数《かぞ》えでは十二になった千吉は、祖父の長吉《ちょうきち》が営む浅草《あさくさ》の長吉屋へ修業に入ることになった。手習いを今日で終え、支度が整えば、いよいよ料理人としての修業が始まる。

長吉はおちよの父で、時吉の料理の師匠だ。孫の千吉を猫かわいがりしているから、見ず知らずの見世《みせ》へ修業に出すのとは違う。浅草と横山町《よこやまちょう》は近いので、折にふれて帰してやるとも言われている。

だが、それでも、わらべに毛の生えたような歳でよその釜の飯を食べさせるのは親としては不安だった。

それに、長吉屋へは関八州《かんはっしゅう》から料理人を志す者が修業にやってくる。千吉はいちばん年若だ。数多い兄弟子《でし》たちとうまくやっていけるのか、ひそかにいじめられたりはすまいか、案じだしたらきりがなかった。

そんな親の心配をよそに、千吉はいたって元気だった。

「はい、どんどんできるよ。あったかいうちに食べてね」

いい声が響く。

「髷《まげ》を結ったおかげで、急に凛々《りり》しくなったね、千坊」

隠居が目を細めた。

いままではわらべらしいかむろ頭だったが、修業に入るにあたって初めて髷を結った。父に比べたらちょこんとした髷だが、だいぶ感じが違う。

「ほんと、見違えるみたい」

おけいが笑みを浮かべ、次の餡巻きを受け取った。

「よく似合うよ、千ちゃん」

「おいらもそのうち結うんだ」

「おめえ、似合わねえってば」

「言ったな」

わらべたちはにぎやかだ。

そうこうしているうちに餡巻きが出そろい、さっそく次の栗ごはんになった。

「こちらには、わたしが大人向けの肴《さかな》を」

時吉が一枚板の席の客に言った。

「秋刀魚《さんま》の蒲焼《かばや》きだね」

季川が言う。

「はい、活きのいい秋刀魚が入ったので、刺身《さしみ》でも塩焼きでもいいのですが、今日は蒲焼きにしてみました」

時吉が笑みを浮かべて答えた。

「あら、お魚になったら戻ってきたの？」

わらわらと戻ってきた猫たちに向かって、おちよが言った。

のどか屋の名物は数々あるが、猫もその一つだ。のどか屋の猫は福猫だという評判が立ったから、子猫のもらい手に困ることはない。おかげでずいぶんと猫縁者も増えた。

茶白の縞猫で、かぎしっぽがかわいいちの、その子で縞のある白猫のゆき、さらにその子で、父親に似たのか醤油《しょうゆ》みたいに真っ黒なしょう、同じくゆきの子で、銀と白と黒の縞模様が凜々しい小太郎《こたろう》。

さらに、いちばん小さい茶白の猫がいた。

二代目ののどかだ。

ずっとのどか屋の守り神だった初代ののどかは亡くなり、見世の横手の祠《ほこら》に祀られている。そうやって手厚く弔《とむら》ったのが天に通じたのか、むかしからゆかりのある出世不動でのどかにそっくりな子猫を見つけた。

これはさだめし、初代ののどかの生まれ変わりに違いない。

のどか屋のみながそう思い、初代と同じようにかわいがっている。

「蒲焼きは鰻《うなぎ》もいいけれど、秋刀魚もさっぱりしていてうまいね」

季川が笑みを浮かべた。

「修業に入ったら、そういう大人向けの渋い料理もつくらないといけないから大変だね」

東明が千吉に言った。

「一つずつ学んでいきますから」

跡取り息子は頼もしい答えをした。

二

餡巻きが平《たい》らげられると、今度は栗ごはんが出た。

親子で下ごしらえをしてつくった、秋の恵みのごはんだ。

炊きあがりを左右するのは、一にも二にも下ごしらえだ。これと塩加減を間違えなければ、ほっこりとした栗ごはんになる。

まず栗を半刻（約一時間）ほど湯につけて、鬼皮《おにかわ》をやわらかくする。栗は渋皮《しぶかわ》にあくが含まれるから、ざっくり厚くむくのが骨法《こつぽう》だ。

隠し技は油揚げだ。

まぜごはんではいい脇役になる油揚げだが、栗ごはんでは食すために入れるのではない。栗ごはんにつやとうまみを加えるために、一緒に炊きこむのが、時吉が千吉に伝授した技だった。

だしと酒と塩、米と栗を土鍋に入れ、油揚げをのせて蓋《ふた》をして炊く。油揚げの油っ気がいい按配でしみわたり、実にうまい栗ごはんになる。

「はい、炊けたよ」

時吉が笑顔で言った。

「お代わりもあるからね」

千吉が和す。

「わあ、おいしそう」

「いただきまーす」

わらべは次々に箸を取った。

「どれ、わたしも一つ」

隠居が一枚板の席で続く。

「ああ、これは塩加減がちょうどいいですね」

総髪の学者が満足げに言った。

「おいしい」

「千ちゃんの栗ごはん、ほっぺたが落ちそう」

手習いの仲間たちにも大人気だ。

「松茸《まつたけ》もたくさん入ってるけど、みんな食べる？」

おちよがたずねた。

たちまち、「はい、はい、はーい」と手が挙がる。育ち盛りのわらべたちだ。いくらでも胃の腑《ふ》に入る。

「末頼もしいね。わたしらがあの世へ行っても、江戸は泰平だ」

隠居が言った。

「あと二十年くらいは長生きしていただきませんと」

春田東明が酒を注ぐ。

「いやいや、あんまりこの世にいたら迷惑だろうからね」

季川が受ける。

「そんなことないよ、ご隠居さん。長生きしてください」

千吉がしっかりした口調で言った。

「千坊に言われたら仕方がないね」

隠居は苦笑いを浮かべて続けた。

「こうなったら、千坊が修業を終えて、二代目としてのどか屋の厨に立つまで、長生きして見届けようかね」

「わたしを先にあの世へ送らないでください」

松茸を焼きながら時吉がそう言ったから、のどか屋に笑いがわいた。

松茸が焼ける香ばしい匂いが見世いっぱいに漂った。

手で裂いた松茸を網焼きにし、醤油をたらして、はふはふ言いながら食す。そんな単純な食べ方が何よりの口福《こうふく》だ。

「松茸、おいしい」

「栗ごはん、お代わり」

「どんだけ食べるんだよ」

わらべたちは相変わらずの掛け合いだ。

小太郎と二代目ののどか、まだ小さな猫たちも土間でくんずほぐれつしながら遊んでいる。今日ののどか屋はひときわにぎやかだ。

しかし……。

春田東明のひと言で、がやがやしていた声が静まった。さすがは師匠の貫禄だ。

「では、このあたりで、千吉さんに渡すものをお見せしましょうか」

手習いの師匠は、わらべにもていねいな言葉遣いをする。

「渡すものって?」

千吉が問う。

「見てのお楽しみだよ」

「みんなで書いたんだ」

わらべの一人がそう言うと、風呂敷包みを解いた。

中から現れたのは、大きな布だった。

みなでしたためた千吉への寄せ書きだ。

「見てきな」

時吉が声をかけた。

「うん」

千吉は手を拭いてから厨を出た。

「これだよ、千ちゃん」

「みんなで書いたんだ」

二人のわらべが布を広げた。

「わあ」

千吉は目を瞠《みは》った。

大きな布は、千吉へ贈る寄せ書きだった。

下手《へた》な字も多いが、心のこもった言葉がしたためられている。

その一つ一つを、千吉はしっかりと読んだ。

気ばれ　千ちゃん
おりやうりのしゆぎやう　しつかりね
まけるな　千吉

ずつと友だちだよ

それぞれの言葉のあとに、名が記されていた。

寄せ書きを読んでいるうちに、千吉の表情がだしぬけに変わった。

目からほおへと涙が伝う。

「みんな、ありがとう……」

絞り出すように言うと、千吉はとうとう感極まっておいおい泣きだした。

一枚板の席で、隠居と春田東明が笑みを浮かべて見守る。

「そんなに泣くことないじゃないの」

そう言いながらも、おちよの目もうるんでいた。

千吉の気持ちが伝わってきたからだ。

「みんなの思いがこもった寄せ書きだから、大事にしないとな」

時吉が言った。

「うん」

涙をふいて、千吉は力強くうなずいた。


ほどなく、お別れの宴はお開きとなった。

千吉は見世の前に立ち、一人ずつ見送った。

「気張ってね、千ちゃん」

「うん」

千吉はもう笑顔になっていた。

「のどか屋を継いだら、みんなで食べに来るよ」

「ありがとう」

「あんまり無理しないでね」

「うん」

一人ずつ肩をたたいて、千吉に別れを告げる。

師匠の春田東明も立って見送っていた。

こうして一人ずつ旅立ちを見送ってきた。大きくなった教え子が折にふれて寺子屋をたずねてくれる。立派に成長した姿を見るのは、何よりうれしいことだ。

「風邪《かぜ》引かないようにね」

「おいしいもの、いっぱいつくって」

「餡巻きも栗ごはんもおいしかった」

「元気でね、千ちゃん」

みんな笑顔で千吉と別れていった。

「うん、またね」

千吉が見送る。

「またね」

「のどかも、またね」

樽の上にちょこんと座った二代目ののどかにも声をかけ、わらべたちはのどか屋から去っていった。

三

「そうかい。寄せ書きをもらったのかい」

元締めの信兵衛《しんべえ》が笑みを浮かべた。

わらべたちと一緒に春田東明も去ったが、代わりにまた一人常連が現れて隠居の隣に座った。

「うん、宝物にするよ」

秋刀魚をさばきながら、千吉が答えた。

「つらいことがあっても、寄せ書きを見たら励まされるな」

時吉が言った。

「ほんに、ありがたいことで。……あら、いらっしゃいまし」

おちよがのれんをくぐってきた客に声をかけた。

「お、今日はまだ泊まり客はいねえのかい」

座敷を見てそう言ったのは、岩本町《いわもとちょう》の名物男の寅次《とらじ》だった。

湯屋《ゆうや》のあるじで、ちょくちょくのどか屋へ油を売りに来る。旅籠の客を湯屋へ案内するというのが大義名分で、女房はしぶしぶ許しているから、独りで帰るのはいささかばつが悪そうだ。

「いま、おそめちゃんとおこうちゃんが呼び込みに行ってるんで」

おちよが答えた。

「なら、待ってましょうや」

そう言ったのは、野菜の棒手振《ぼてふ》りの富八《とみはち》だった。いつもいい野菜をのどか屋へ届けてくれる。湯屋のあるじとはつれだって来ることがもっぱらだから、御神酒徳利《おみきどっくり》と呼ばれていた。

「千坊は行かねえのかい」

寅次が問うた。

「今日は手習いのみんながお別れに来てくれたんだよ。寄せ書きまでくれて」

厨の手を止めて、千吉が答えた。

「千坊がいかに好かれていたか、よく分かったよ」

隠居が笑みを浮かべた。

「そうかい。そりゃ良かった」

岩本町の名物男がうなずく。

「内々のお別れの宴はやらねえのかい」

富八が問うた。

「あらたまったお別れの宴と言ってもねえ」

おちよが首をかしげる。

「贈りたいものはあるんだが」

時吉がおちよのほうを見て言った。

「だったら、おとっつぁんがつれてく前の晩にでも、ちょっと身内だけで」

「そうだな」

そんな按配《あんばい》で、段取りが決まり、次の肴が出た。

まずは秋刀魚の蒲焼きだ。

活きのいい旬《しゅん》の秋刀魚は、刺身でもうまい。むろん、塩焼きも美味だ。

しかし、蒲焼きも鰻や穴子《あなご》に負けない。ほどよい脂《あぶら》の乗りが香ばしい蒲焼きになる。

按配よく焼けば、通《つう》がうなる味になる。

「千坊が焼いたのかい」

寅次が驚いたように言った。

「うん。もう焦がしたりしないよ」

千吉が胸を張った。

もうひと品は時吉がつくった。

鶏のもも肉と葱《ねぎ》を互い違いに串に刺した焼き物だ。これは火加減が難しく、塩をはらりと振る手ぎわの良さも求められる。料理人の年季が求められるひと品だ。

「うん、葱がうめえ」

富八が笑みを浮かべた。

「言うと思ったぜ」

半ばあきれたように湯屋のあるじが言った。

主役がべつにあっても富八が野菜をほめるのはお約束のようなものだ。

そうこうしているうちに、おそめとおこうに案内されて、旅籠の泊まり客が次々に入ってきた。

越中富山《えっちゅうとやま》の薬売りのようにのどか屋を定宿《じょうやど》にしてくれている常連もいれば、初めて見る顔もあった。今日も旅籠付きの小料理屋は千客万来だ。

「おっ、猫がわしゃわしゃいやがるな」

初顔の客が指さして言った。

「お嫌でしたら、猫のいない旅籠もございますが」

元締めの信兵衛が如才《じょさい》なく言った。

「いや、おいらの家は、米を欠かしたことはあっても猫を欠かしたことはねえんで。……よしよし、ちょいと来な、ちっちゃいの」

客がそう言って小太郎をあやしはじめたから、のどか屋に和気が漂った。

「では、お荷物をお運びしますので」

おけいが薬売りに声をかける。

「いい湯が沸いてますよ。ご案内しましょう」

ここぞとばかりに、湯屋のあるじが言った。

「なら、そうするっちゃ」

「長旅で疲れたからよ」

薬売りたちが言う。

そんな按配で二幕目が進み、のどか屋の六つの部屋は首尾《しゅび》よくすべて埋まった。

ただし、一階の部屋に泊まったのは、隠居の季川だった。

一枚板の席で根を生やして呑み、帰るのが大儀になったらのどか屋に泊まることもしばしばある。元武家で、俳諧師《はいかいし》として羽ぶりのいい時期もあったから、貯えはまだまだありそうだ。

「なら、千坊、おやすみ」

隠居が声をかけた。

「おやすみなさい」

厨の掃除をしていた千吉が答えた。

いざ修業が始まれば、下《した》っ端《ぱ》は最後まで働かなければならない。千吉ものどか屋で念入りに掃除をするようになった。

「明日の豆腐飯は、仕込みから千吉にやらせますので」

時吉が言った。

「ほう、そりゃ楽しみだ」

隠居の目尻がやんわりと下がった。

「あと幾日ここでつくれるか分からないので」

おちよが言う。

「なに、たまには帰してくれるだろうからね。なら、おやすみ」

「おやすみなさいまし」

隠居は片手を挙げた。

「おやすみなさい、ご隠居さん」

のどか屋の二人の声がそろった。

第二章　送りの宴（紅葉ちらし）

一

翌朝の豆腐飯は、千吉が一人でつくった。

時吉は豆腐を運んだりする力仕事を手伝っただけで、豆腐の味つけも飯炊きも薬味《やくみ》の按配も、すべて千吉が一人でこなした。

おちよは案じ顔で見守っていたが、口を出したりはしなかった。何も言うなと時吉から言われていたからだ。

薬味の葱を刻むところなどは、手が遅くてやきもきさせられたが、早めに始めたこともあり、どうにかわらべ一人で仕上げることができた。

「……できた」

さすがに疲れた顔で、千吉が言った。

「よし」

時吉は一つうなずくと、豆腐の味見をした。

「どう？」

千吉が不安げに問う。

時吉は答えず、残りの豆腐と匙をおちよに渡した。

「どれどれ」

おちよも味見をする。

ややあって、のどか屋の夫婦は互いに顔を見合わせた。

「どう？」

千吉が不安げに問う。

「……おいしいわ」

一つ間を置いて、おちよが答えた。

「何か言ってやろうと思ったんだが、言うところがない」

時吉も笑みを浮かべる。

それを聞いて、千吉は花のような笑顔になった。

泊まり客の評判も上々だった。

「一人でつくってこの味なら、もう大丈夫だね」

一階の部屋に泊まっていた隠居が太鼓判を捺《お》す。

「ほんに、おやじさんとおんなじ味だよ」

「これを食うと、『ああ、江戸へ来たな』って思うな」

常連客もうなった。

豆腐飯はこう食す。

まず、ほかほかの飯の上にのった豆腐だけを匙ですくって食べる。甘辛いだしがしみているから、これだけで存分にうまい。

次に、わっと飯をまぜ、わしっとほおばる。飯と一緒に食べると、味のしみた豆腐のうま味がさらに伝わってくる。

最後に、刻み葱や海苔《のり》や胡麻《ごま》などの薬味を加え、さまざまな味の響きを楽しみながら平らげていく。

「一杯で三度うめえや」

「おいら、お代わりするぜ」

朝だけ食べに来た大工衆の一人がさっと丼を差し出した。

「はいよ」

千吉がすぐ受け取る。

背丈が伸びたから、手が届くようになった。これなら修業の下っ端のつとめもつとまるだろう。

「そろそろ修業入りなんだってな、千坊」

「気張ってやんな」

「おいらだって、初めはろくに釘も打てねえで泣いてたんだ」

大工衆が口々に励ましてくれた。

「気張ってやりますんで」

髷がさまになってきた顔で、千吉は答えた。

二

その日の二幕目――。
長吉が元締めの信兵衛とともにのれんをくぐってきた。

「おう、支度はどうだ」

古参の料理人が孫に問う。

「うん、大丈夫」

厨で手を動かしながら、千吉が答えた。

「修業に入ったら、『はい、師匠』と答えなきゃ駄目だぞ」

時吉が言葉遣いを注意した。

「はい、師匠」

千吉が復唱する。

「兄弟子がたくさんいるから、いやでも言葉は改まるさ」

長吉はそう言って一枚板の席に腰を下ろした。

浅草の福井町《ふくいちょう》の長吉屋といえば、番付の上のほうに載る名高い料理屋だ。関八州から修業に来た若い衆は、腕を磨いて師匠のお墨付きが出れば、晴れて「吉」の一字を襲った見世ののれんを出すことができる。そんなあまたいる兄弟子たちにまじって、いよいよ千吉が修業に出るのだ。

「で、いつから入るんだい？」

元締めの信兵衛がたずねた。

「きりがいいので、十一月の朔日《ついたち》からという話で」

時吉が答えた。

「だったら、今月の晦日《みそか》に送りの宴を盛大に開かないといけないね」

信兵衛は少し身を乗り出して言った。

「もう寺子屋のお仲間がやってくれましたから、前の晩にちょっと身内だけでと思ってたんですけど」

おちよが言う。

「いや、せっかくだからやってやんな。ときどきは帰《けえ》してやるが、ほかの弟子たちの手前、千吉ばっかりかわいがるわけにもいかねえからな」

いつもは孫に甘い長吉だが、今日は厳しい表情で言った。

「なら、来た常連さんに声をかけて、入れるくらいの頭数《あたまかず》でやろうじゃないか」

元締めが話をまとめた。

「承知しました。ご隠居さんにもそうお伝えくださいまし」

時吉が笑みを浮かべた。

昨夜ものどか屋に泊まった季川は、さすがに疲れたのか、今日は姿を見せていない。

「できました」

ややあって、千吉がほっとしたように言った。

「おう、凝《こ》ったものをつくったな」

長吉の目尻にしわが寄った。

「鰈《かれい》のみぞれ煮でございます」

千吉はそう言って、しっかりと皿を両手で下から出した。

長吉から時吉、そして千吉へ。しっかりと受け継がれている教えがあった。

料理は「どうぞお召し上がりください」と下から出さねばならない。ゆめゆめ、「どうだ食え」とばかりに上から出してはならない。いかにうまい料理でも、それでは客は離れてしまう。

「うまそうだね」

元締めも笑みを浮かべた。

「こら、おまえら、あっち行け」

浮き足立って上ってきた小太郎と二代目のどかを追っ払い、長吉が箸を取った。

一枚板の席で箸が動く。そのさまを、千吉はいくらか不安げに見守っていた。

「この料理の味つけは初めてでか」

長吉は孫に問うた。

「うん……いえ、はい」

千吉は答えた。

「なかなかいい按配だが、大根おろしがこれだけかかってるんだ。味つけはもうちっと濃いくらいがちょうどいい」

長吉はそう教えた。

「わたしもそう言おうと思ったところで」

信兵衛が笑みを浮かべた。

「むずかしいね、お料理は」

千吉が首をひねった。

「そりゃそうよ。わたしの味つけなんかぼろくそに言われたんだから」

おちよが笑った。

「おめえの味つけは大ざっぱだからな。いまの千吉のほうがよっぽど上だ」

長吉がそう言ったから、おちよはわざと口をへの字に結んだ。

三

別れの宴の段取りは着々と進んだ。

ちょうど万年平之助《まんねんへいのすけ》同心が来てくれたから、上役のあんみつ隠密こと安東満三郎《あんどうみつさぶろう》にも伝わることになった。黒四組《くろよんぐみ》という影御用にたずさわるあんみつ隠密と、さまざまなあきないに身をやつして町場を廻る幽霊同心こと万年平之助は、かねてよりののどか屋の常連だ。ことに千吉は万年同心と気が合って、気安く「平ちゃん」と呼んでいる。

その万年同心は、上役ばかりでなくよ組の火消し衆などにもつないでくれた。岩本町のお祭り男は二つ返事で乗ってきた。寅次もつなぎ役を買って出てくれたから、のどか屋が二幕目から貸し切りになるくらいの頭数がそろった。

「ちわー、いよいよだね」

岩本町の湯屋のあるじの明るい声が響いた。

「最後にうめえもんを食わせてくれよ」

野菜の棒手振りの富八が笑う。

「腕によりをかけて仕込んだんで」

千吉がいい顔で答えた。

「あっ、酢飯のいい香りが」

「小菊《こぎく》」のあるじの吉太郎《きちたろう》が言った。

湯屋のあるじの娘婿で、時吉の弟子だ。のどか屋が岩本町から焼け出されたあとに建てた細工寿司とおにぎりの見世は、跡取り息子も育って繁盛している。

「紅葉に見立てたちらし寿司をつくります」

千吉が言った。

「もうさっきから手伝いばかりで」

おちよが笑う。

客は次々に来た。

一枚板の席には隠居と元締め、あんみつ隠密と万年同心、それに、千吉の師匠の春田東明が陣取った。

大和梨川藩《やまとなしがわはん》の勤番《きんばん》の武士たちも来てくれた。容子《ようす》のいい剣術の達人の杉山勝之進《すぎやまかつのしん》と、眼鏡をかけた囲碁の名手の寺前文次郎《てらまえぶんじろう》だ。里親に出した「猫侍」はだいぶ大きくなって鼠《ねずみ》を捕りはじめたらしい。

近くの大松屋《おおまつや》のあるじと、跡取り息子の升造《ますぞう》の顔もあった。升造は幼なじみの遊び仲間だ。

「元気かにゃ？　小太郎くん」

力屋《ちからや》のおしのが猫に声をかけた。

あるじの信五郎《しんごろう》とともに、見世を早じまいにして来てくれた。数多いのどか屋の猫縁者の一人で、食せば力が出る膳が自慢の飯屋を馬喰町《ばくろちょう》で営んでいる。

小太郎は「何だにゃ？」という顔をすると、年上の黒猫のしょうを追いかけまわしはじめた。

「長さんは来ないのかい？」

隠居がふと気づいたように言った。

もし長吉が来るのなら、一枚板の席を開けておかねばならない。

「明日つれにくるから、今日は来ないみたいですよ、おとっつぁんは」

おちよが答えた。

「そうかい。二度手間になるからね」

隠居がうなずく。

その後もどんどん客が来た。

よ組の火消し衆からは、かしらの竹一《たけいち》と纏持《まといも》ちの梅次《うめじ》が来てくれた。ほかの火消し衆は入れないから見廻りだ。

竜閑町《りゅうかんちょう》の醬油酢問屋安房屋《あわや》のあるじの新蔵《しんぞう》と、焼け出されてその並びに診療所を移した本道の医者の青葉清斎《あおばせいさい》も顔を出してくれた。安房屋からは上等の下り醬油の差し入れ付きだ。

泊まり客のなかにも宴に連なってくれた者がいた。流山《ながれやま》の味醂《みりん》づくりの主従だ。かつて時吉と隠居とともに流山へ行ったとき、千吉が思わぬ手柄を挙げたことがある。客とはいえ、縁者のようなものだ。

そんな按配で、頭数がそろって大徳利と猪口《ちょく》が行きわたった。

「では、これから送りの宴を始めさせていただきます。お運びいただいた御礼に、千吉が精一杯料理の腕を披露いたしますので」

時吉が皮切りの言葉を述べると、さっそく場がわいた。

「よっ、待ってました」

「まさに千両役者」

岩本町の御神酒徳利が声を飛ばす。

「なら、始めます」

千吉は引き締まった顔つきで菜箸《さいばし》を手に取った。

四

天麩羅《てんぷら》が次々に揚がった。

鱚《きす》に松茸に小鯛《こだい》に甘藷《かんしょ》に人参《にんじん》のかき揚げ。千吉は手慣れた様子で揚がり具合を見極め、揚げては油を切って女たちに渡した。

「はい、お待たせしました」

「天つゆでお召し上がりください」

おちよとおけいが座敷に運ぶ。

「こちら、いまお持ちしますので」

おそめも笑顔で言った。

「では、紅葉ちらしをたらいで運びます」

時吉ができあがったものを持ち上げて見せた。

「おう、居ながらにして紅葉見物か」

「ありがてえこった」

火消し衆の顔がほころぶ。

「目にも鮮やかですね」

一枚板の席には小ぶりな寿司桶が出た。

青葉清斎が見るなり言う。

「型できれいにくりぬいてありますね」

春田東明が言った。

「人参に油揚げに薄焼き玉子に紅蒲鉾《かまぼこ》。どれも味がついてるので」

千吉はよどみなく伝えた。

「これは風流だね」

隠居が目を細める。

「下にもいろいろ入っていそうだね」

元締めが覗きこむ。

「うん、甘《あめ》え」

さっそく油揚げを食したあんみつ隠密がいつものせりふを発した。

この御仁、とにかく甘いものに目がない。料理の味つけは甘ければ甘いほどいいと言って、味醂をどばどばかけて食べたりする。甘いものがあればいくらでも酒を呑めると豪語するのは、江戸広しといえども黒四組のかしらくらいだろう。

片や、下役の万年同心は味にうるさいから、「甘え」を聞くたびに何とも言えない顔つきになる。

「焼き鮭《さけ》をほぐしたのが入ってますね」

味醂づくりの番頭の幸次郎《こうじろう》が言った。

「椎茸《しいたけ》の煮つけも細かく刻んで入ってるよ」

味醂づくりの当主の弟で、江戸でのあきないを受け持っている吉右衛門《きちえもん》が箸でつまむ。

「味醂もたっぷり使われておりましょう」

先代からの付き合いの安房屋新蔵が笑みを浮かべた。

「わっと食うとうめえな」

湯屋のあるじの声が響く。

「うん、ゆでて刻んだ小松菜がしゃきしゃきしててうめえ」

富八がいつもの野菜ぼめをした。

それやこれやで、にぎやかに宴が進んだ。

千吉は大車輪の働きだった。

鶏のもも肉と葱を互い違いに刺した串を焼いたかと思うと、鰈を手際よく刺身にする。かと思うと、うずら玉子の串に衣をつけて揚げ、あつあつのたらいうどんの薬味を刻みだす。

手打ちうどんは力が要るから、ここは時吉が受け持った。

こしのあるうどんを釜から揚げたままのあつあつでいただく。細かく刻んだ葱に天かすにおろし生姜《しょうが》にすり胡麻。貝割れ菜や刻み海苔もある。好きなだけ取って、うどんと一緒にわっとつゆにつけてわしわしと食せば、胃の腑まで生き返るような心地がする。

それやこれやで、のどか屋のほうぼうでうどんを啜《すす》るいい音が響きだした。

「そろそろ余興の頃合いかい？」

岩本町の名物男がここで声をあげた。

「なら、言いだしたおめえさんが何かやんな」

あんみつ隠密が水を向ける。

「いやいや、おいらは存外に芸なしなんで」

「ただ口数が多いだけですから」

富八が言う。

「甚句《じんく》にはまだ早いですよね、かしら」

纏持ちの梅次が竹一に問うた。

「ありゃ、締めにとっときてえな」

よ組のかしらが答えた。

「だったら、ご隠居さん、発句《ほっく》を」

ほかならぬ千吉がそう言ったから、のどか屋に和気が満ちた。

「そうかい。千坊に言われたら仕方ないな」

季川は白くなった髷に手をやった。

宴に加わっているようないないような猫たちには、ほぐした焼き鮭入りの飯が出た。いつもより豪勢だから、みな競うようにはぐはぐと口を動かしている。

いくらか思案してから、隠居は句を発した。

いつしか伸ぶわらべの背丈山粧《よそお》ふ

秋も深まり、山が紅葉で美しく色づくことを「山粧ふ」と形容する。それに背丈の伸びた千吉の姿を重ね合わせた、季川らしい働きのある発句だった。

「さすがは、ご隠居」

「うまいものですね」

流山の主従が声をかける。

「なら、前座はこのへんで」

隠居はそう言うと、おちよのほうを手で示した。

「えー、どうしよう……」

おちよは困った顔つきになった。

「おかあ、しっかり」

千吉が声を送る。

それを聞いて、おけいもおそめも笑顔になった。

ややあって、おちよはこんな付け句を発した。

　柱の傷の低さなつかし

「ああ、これじゃあんまり離れてないわねえ」

おちよは浮かぬ顔になった。

隠居は千吉の背丈がいつしか伸びたことを発句に詠《よ》んだ。付け句はそれを踏み台にして、思いがけないところまで跳《と》ぶのが骨法だが、むかし背丈を測った柱の傷が低くてなつかしいと詠んだのでは驚きがない。

「まあ、いいよ。千坊へのはなむけなんだから」

師匠の季川がなだめた。

「情がこもっていいですよ」

「そろそろわたしの背丈も追い抜かれそうです」

二人の勤番の武士が言った。

「では、ここいらでわたしもはなむけを」

時吉が軽く右手を挙げた。

「おう、そりゃいいや」

あんみつ隠密が真っ先に言った。

「前から用意してたみたいだぜ」

万年同心が千吉に告げた。

「へえ、何だろう」

千吉は小首をかしげた。

「ちょっと待ってな」

時吉はそう言うと、いったん厨の奥へ入り、さらしに巻いたものを取ってきた。

「開けてみな」

と、千吉に渡す。

「……わあ」

さらしを解いた千吉の目がにわかに輝いた。

現れ出でたのは、真新しい柳刃包丁《やなぎばぼうちょう》だった。

柄《え》には「千吉」と名まで刻まれている。

「いままでの包丁じゃもう使いづらいだろう。出刃などは長吉屋にあるから、その包丁で造りの稽古などをさせてもらえ」

時吉はそう言った。

「うん、ありがとう、おとう……じゃなくて、師匠」

千吉は言い直した。

「おとう、でいいさ。いくつになっても、おれはおまえのおとうだ」

情のこもった声で、時吉は言った。

五

料理はひとわたり出尽くした。

宴の流れに従い、締めには甘いものが出た。

焼き柿だ。

柿をじっくりと網焼きにし、味醂をたっぷり回しかけると、びっくりするほど甘くてうまくなる。

「甘え」

あんみつ隠密の顔がほころんだ。

「味醂がいい仕事をしておりますねえ」

安房屋のあるじがうなる。

「つくった甲斐がありますよ」

「流山でも流行《はや》らせましょう」

味醂づくりの主従が言った。

「なら、そろそろやりますかい」

纏持ちがかしらを見た。

「そうだな。酔っちまわねえうちに」

よ組のかしらが立ち上がる。

千吉を送るはなむけの甚句だ。

「よっ、待ってました」

岩本町のお祭り男が声をあげた。

「これを聞かねえことにゃ」

富八が猪口を置いた。

みなの目が集まる。

のどか屋が束の間静まったあと、竹一の自慢の喉が響きはじめた。

その名とどろく　小料理のどか屋
厨でしばし　修業せる

梅次が「やー、ほい」といつもの合いの手を入れた。

みなも声を合わせて手を打つ。

跡取り息子の　その名も千吉
笑顔千両　ほまれの子（やー、ほい）

いつしか十越え　背丈も伸びて
晴れて厨の　修業入り（やー、ほい）

浅草長吉屋は　じいじの見世よ
教えを乞《こ》うて　腕上げよ（やー、ほい）

いずれのどか屋　戻った日には
日《ひ》の本《もと》一の　料理人（やー、ほい）

その日夢見て　励めよ励め
身に気をつけて　風邪引くな（やー、ほい）

千客万来　上々吉
つづめて千吉　いざ門出《かどで》（やー、ほい）

梅次の合いの手がひときわ高くなった。

「お粗末さまで」

よ組のかしらが頭を下げる。

「よっ、さすがはよ組」

「うまいもんだね」

「宴がぴしっと締まったよ」

ほうぼうから声が飛んだ。

「礼を言いな、千吉」

時吉がうながした。

さすがに胸に響いたのか、跡取り息子は目をうるませていた。

「みなさんにもあいさつを」

おちよも身ぶりを添えて言う。

千吉は何かを思い切ったようにうなずいた。

そして、ひときわ大きな声で言った。

「本日は、ありがたく存じました。しっかり修業してまいります」

短いが、気の入った言葉だった。

それを聞いて、のどか屋じゅうから、またひとしきり励ましの声が飛んだ。

第三章　長吉屋へ（鰤《ぶり》大根）

一

「さあ、いよいよだね」

一枚板の席で隠居が言った。

十一月朔日《ついたち》の二幕目だ。そろそろ迎えの駕籠《かご》が来る。

「そろそろ来ないかな」

千吉が表のほうを見た。

「早く修業へ行きたいのかい」

隠居の隣に陣取った元締めの信兵衛が問う。

「……うん」

少し間を置いてから、千吉は答えた。

不安や寂しい気持ちもあるが、もう行くと決まっているのだから、早く行ってなじみたい。

そんなわらべの思いが伝わってきたから、おちよとおけいは思わず顔を見合わせた。

「あっ、来た」

千吉が声をあげた。

おちよとともに外へ出る。

「まあ、二挺も」

おちよは目を瞠った。

千吉は歩かせるのかと思いきや、その分の駕籠の支度もしてきたらしい。

ほどなく駕籠が止まり、長吉が姿を現した。

「おう」

悠然と右手を挙げる。

「支度はできてるよ……できております」

千吉はていねいな言葉遣いに言い直した。

「はは、見世へ入ってからでいいぜ」

祖父の目尻にいくつもしわが寄った。

「でも、おとっつぁん、駕籠で乗り付けたりしたら、兄弟子さんたちが快く思わないんじゃないかしら」

おちよがそんな心配をした。

「分かってら。一町ほど離れたとこから歩かせるから」

長吉はすぐさま答えてのれんをくぐった。

「ご苦労さま」

まず隠居が声をかけた。

「よろしゅうお願いいたします」

厨から時吉が頭を下げる。

「おう。ちょいと茶を一杯くんな」

長吉は言った。

「承知しました。何か食べるものは」

「いや、食ってきた。駕籠屋を待たせるのも悪いからな」

古参の料理人は表のほうを手で示した。

「お参りしてくる」

千吉がだしぬけに言った。

「のどか地蔵に？」

おちよが問うた。

のどかが生まれ変わってきたという噂を聞いて、なおのことお参りの客が増えた。ついでにのれんをくぐって料理を味わったり、旅籠に泊まったりしてくれる人もいるから、まさに福猫だ。

「うん。最後のお願い」

いくぶん硬い顔つきで、千吉が言った。

平気そうな顔はしていたが、さすがに十のわらべだ。初めて親元を離れ、いちばんの下っ端として料理人の修業を始めるのだから、硬くなるのも無理はない。

「なら、行っといで」

おちよがうながすと、千吉はすぐさま出ていった。

そのあとを、すっかりなついている小太郎がひょこひょことついていく。

「うちには猫がいねえから、ちょいと寂しいかもしれねえな」

長吉が言った。

「なら、一匹持っていく？」

おちよが軽く訊いた。

「猫ものどか屋の顔みてえなもんだ。それに、長屋の周りにうろちょろしてるから、そいつをかわいがりゃいいさ」

当人はさほどの猫好きではない長吉が言った。

「長屋はもちろん兄弟子と一緒だね？」

隠居が問うた。

「そりゃそうですよ。脇板になっても煮方と一緒に寝起きしてるんで」

長吉が答える。

浅草の名店だから構えは大きいが、弟子たちは近くの長屋に寝泊まりしている。見世の仕込みもあるから、交替で長吉屋にも詰めるが、そうでなければ同じ長屋ぐらしだ。

「千吉は何人部屋で？」

おちよがたずねる。

「三人だな」

長吉は指を三本立てた。

「面倒見のいい兄弟子を二人つけてやるから、安心しな、ちよ」

長吉は父の顔で言った。

「関八州から修業に来るんだから、偉いものだね」

隠居が言う。

「もうほうぼうに長吉屋で修業した見世ののれんが出ていましょう？」

元締めが問うた。

「江戸と関八州、併《あわ》せたら三十くらいになるかな」

指を折ってざっと勘定してから、長吉が答えた。

「へえ、そんなに」

信兵衛の顔に驚きの色が浮かぶ。

「うちもその一つですから」

おちよが笑って言ったとき、千吉が戻ってきた。

「お願いしておいたか？」

時吉がたずねた。

「うん。修業がうまくいくようにって」

千吉は答えた。

「千坊なら大丈夫さ」

隠居が太鼓判を捺した。

「なら、そろそろ」

長吉が湯呑みを置いた。

「気をつけて、行っといで」

ちょっとそこまで送り出すという感じで、ことさら構えずにおちよは言った。

「うん、行ってくる」

千吉は力強くうなずいた。

しばしの別れを察したわけではあるまいが、二代目ののどかと長老格になったちのが身をすり寄せてきた。

「みんな、いい子にしてるんだよ」

千吉は猫の背をなでてやった。

「また帰《けえ》してやるから」

長吉がその背をぽんとたたく。

「はい」

千吉の表情がきりりと締まった。

時が来た。

「行ってきます」

見送りに出た時吉とおちよに向かって、千吉は明るく手を挙げた。

二

「はあっ……」

おちよが一つため息をついた。

「そんな、ため息をつかなくったって、おかみさん」

おけいが笑みを浮かべた。

「そうそう、なるようにしかならないんだから」

一枚板の席から、隠居が言った。

「男の子が修業へ行くんだから、立派になって帰ってくる楽しみがあるよ。うちは娘を嫁がせるばっかりでねえ」

元締めが嘆いた。

「ああ、それは帰ってきたら困りますからね」

と、おちよ。

「上の娘が一度戻ってきたんだが、うれしいやら情けないやらで困ったよ」

元締めがそんな話をしたから、おちよの顔に笑みが戻った。

「兄弟子たちは関八州の在所からも来てるんだから、その親御さんのことを考えれば、うちなんてすぐそこだからね」

時吉が身ぶりをまじえて言った。

「そうね。泣き言なんか言ってたら罰《ばち》が当たるわ」

おちよがうなずいた。

「今度帰ってくるときは、見違えるほど腕が上がってるさ」

元締めが言う。

「ただ、うちと違って、上に兄弟子がいくたりもいるので、初めのうちは下っ端のつとめばかりでしょう」

厨で手を動かしながら。時吉が言った。

「長さんのところは、わりと若いうちからまかないなどをつくらせるし、かわいい孫だから教えも多いんじゃないかね」

隠居が言った。

「まあ、先を楽しみにしています」

時吉は笑みを浮かべると、鰤《ぶり》大根の仕上げにかかった。

寒鰤と旬の大根を合わせた冬の恵みのひと品だが、うまく仕上げるにはなかなかに年季が要《い》る。

鰤の頭とかまを手際よくおろすには力も要領も必要だ。きれいに切り分けたら、湯にくぐらせ、白く色が変わったところで冷たい水に取って霜降りにする。

それから、指を使って血合いや皮をよく洗って取り除く。うろこなどが残っていたら台無しだから、ていねいに作業をする。

鰤大根づくりのいちばんの勘どころは、途中からはべつべつに煮ることだ。

初めのうちは同じ鍋で煮て、大根に鰤のうま味を移す。しかるのちに、大根は薄口醬油と味醂でふんわりと味つけし、鰤は濃口醬油とたまり醬油、それに砂糖も加えてこってりと煮る。

それぞれに落とし蓋をして味をなじませ、最後は同じ鉢に盛り付ける。ゆでた青菜と針柚子《はりゆず》を添えれば、彩《いろど》りも美しい鰤大根の出来上がりだ。

「はい、お待ちどおさまで」

時吉は鉢を正しく両手で下から出した。

「おお、来た来た」

「相変わらずうまそうだね」

隠居と元締めが受け取り、さっそく舌鼓《したつづみ》を打つ。

「これは夫婦《めおと》の味だね」

ややあって、隠居が言った。

「夫婦の味？」

おちよがいぶかしげに問う。

「筋の通った剛毅な亭主が鰤、まろやかな味のしみた大根が女房。互いに鉢の中で助け合ってるじゃないか」

隠居はそう言って笑みを浮かべた。

「なるほど、うまいことを言いますね」

元締めがうなる。

「夫婦鰤大根、か」

おちよはそう独《ひと》り言《ご》ちると、厨のほうを見た。

「一人いなくなっちゃったけれど、これからもよろしくね、おまえさん」

だしぬけに声をかける。

「……おう」

時吉はいくらか照れたように右手を挙げた。

三

浅草の福井町――。

浅草寺《せんそうじ》の喧騒から離れ、御蔵前道《おくらまえみち》からもいくらか入った閑静な町場に、長吉屋の小粋なのれんと軒行灯《のきあんどん》が出ている。

江戸の料理屋番付で前頭《まえがしら》の上のほうに載る名店だ。

つくる料理もさることながら、あるじの長吉は人を育てる名人でもある。若いころは気が短くて、できない弟子に手を上げることもしばしばだったが、それでは若い衆はついてこないと料簡《りょうけん》を改めた。それからは、叱るところは叱るが、なるたけいいところを伸ばすように指導をしてきた。その甲斐あって、長吉屋の厨からは次々に若い料理人が育っていった。

料理屋には厳しい序列があって、一人前の板前になってのれん分けをするまでには、通常は長い年月がかかる。しかし、地方の料理屋の跡取り息子で、見世を継いで両親を楽にさせてやらねばならない者などが厨に入ったら、半ばは預かっているという考えで、どんどん難しいことをやらせて腕を上げさせた。

長吉の「吉」の一字を襲った弟子たちは、江戸や関八州のほうぼうにおのれの見世ののれんを出した。

江戸の長吉屋で修業をしたおかげで、立派な料理人になり、のれんを出すことができた。その見世はいまも繁盛している。

ひとたびそんな評判が立つと、われもわれもと弟子入りを志願する者が増えた。ひところは番待ちまであったほどで、「江戸で料理の修業をするなら長吉屋で」と言われるまでになった。

長吉屋の料理の修業は厳しいが、よそとは違うところがある。古株が新顔をいじめたりすることが料理屋では間々《まま》あるが、長吉屋ではない。あるじの長吉がきつくこう言い渡してあるからだ。

「何の落ち度もない弟子を困らせようといじめたりするやつは、荷をまとめて出て行ってもらうからな」

かしらがそういう考えだから、料理人は心安んじて修業に打ちこむことができた。

その長吉屋ののれんを、祖父につれられて千吉がくぐった。

いくたびか来たことはあるが、さすがに顔つきが違った。いよいよ修業が始まるのだ。

「おう、ちょいと手を止めてくんな。女衆も集めてくれ」

長吉が言った。

名店だけあって、長吉屋はなかなかの構えだ。

塗塀と見越しの松が目印の見世ののれんをくぐると、左手に長い檜の一枚板の席がある。のどか屋は師匠の見世に倣《なら》って同じものをつくった。

いくたりかの料理人が厨でできた料理をすぐさまお出しする。できたてを食せるこの席には常連が陣取ることが多い。大橋季川も元来は長吉屋の常連だった。

右手には座敷がいくつもしつらえられている。

案内をする女衆も多い。女房は早めに亡くしてしまったが、古くからつとめている元締め格の仲居の教えがうまく、客あしらいの達者な女衆が次々に育った。料理人も女衆も、長吉屋なら間違いがないという評判だ。

ややあって、料理人と女衆が集まってきた。

「今日から修業に入る千吉だ。ここにもいくたびか来たことがあるが、おれの孫だ。のどか屋の跡取りとして修業に入ることになった。よしなに頼む」

長吉が言った。

「へい、承知で」

脇板の大吉《だいきち》が答えた。

本板はもちろん長吉で、まずもってそれを支える男だ。もう四十がらみの歳だから、そろそろのれん分けをという声もある。長吉屋の客筋はいたっていいので、しかるべき後ろ盾を得てのれん分けをすることも多かった。

「てことは……預かりですかい？」

煮方の捨吉《すてきち》がたずねた。

脇板の次の格だが、歳は大吉より上だ。武州《ぶしゅう》の在所《ざいしょ》から出てきたとあって、故郷へ帰っても見世を出す当てはない。そもそも、あまり口が回るたちではないから、このまま古参の料理人として長吉屋で骨をうずめることになりそうだった。

「預かりっていう歳じゃねえや」

長吉は笑って答えた。

料理屋の跡取り息子を文字どおりに預かって、焼き方から煮方まで、ひとわたり段取りを教え、ひとかどの料理人にして返す。これが預かりだが、千吉はまだ満で十だ。

「まずは追い回しから始めて修業してもらう。あんまり分け隔てはしねえぞと当人にも言ってあるから、そのつもりで頼む」

長吉はそう伝えた。

「へい」

渋い面構えの煮方がうなずいた。

「よし、なら、挨拶しな、千吉」

長吉がうながした。

髷を結いだしたばかりの料理人の見習いは、硬い表情で一歩前へ踏み出した。

「のどか屋の千吉です」

いくらか抜けるような声で名乗る。

「今日からは長吉屋の追い回しの千吉だぞ」

目尻にしわを浮かべて、長吉が言った。

いちばん下が追い回し、そこから洗い方、焼き方、煮方、やがては板前へと段を上っていく。まずはここが初めの一歩だ。

「あ、はい。長吉屋の追い回しの千吉です」

千吉は祖父の言葉をおうむ返しに言ったから、思わず笑いがわいた。

「どうぞよろしゅうに」

構わず千吉は頭を下げた。

「よろしゅうに」

「一緒に気張ろうな」

先輩の料理人から声が飛んだ。

それを聞いて、千吉の表情がやっとやわらいだ。

四

「長屋は三人で一部屋だ。ちょいと狭《せめ》えが、辛抱しな」

ひとわたり見世の案内をしてから、長吉が言った。

「うん……じゃなくて、はい」

千吉が答える。

「おう、益吉《ますきち》と信吉《しんきち》、ちょいと来い」

厨で手を動かしていた弟子たちに声をかける。

「へーい」

「ただいま」

ほどなく、二人の若者が足早にやってきた。

「おめえら、しばらく二人でゆったり住んでたが、もう一人、面倒見てくんな」

千吉を手で示して言う。

「へい」

「承知で」

いい声が返ってきた。

「どうぞよしなに」

千吉がぺこりと頭を下げた。

「焼き方の益吉で」

目つきのやさしい若者が笑みを浮かべた。

「潮来《いたこ》から十三で修業に来て、今年でえーと……」

長吉はにわかに腕組みをした。

「八年になります」

益吉が答えた。

「もうそんなになるか」

長吉の顔に驚きの色が浮かぶ。

「へい、おかげさんで」

「こいつはちょいと線が細くて、たまに寝込んだりするが、料理人としちゃあ上出来だ。二十歳そこそこで焼き方ばかりか、煮方の脇もできる。造りもうめえもんだ。いま潮来へ帰《けえ》ってものれんを出せるくれえだからな」

長吉は目を細めた。

「いやいや、まだまだ修業中で」

益吉が首を横に振る。

「で、もう一人は……」

長吉があごをしゃくってうながした。

「へい、洗い方の信吉です。よしなに」

まだおぼこさの残る丸顔がやんわりと崩れた。

「こいつは魚のうめえ房州《ぼうしゅう》館山《たてやま》の出で、まだまだ下っ端だ」

「まだ十五なんで」

と、信吉。

「んなこと言ってたら、腕が上がんねえぞ」

長吉はすかさず言った。

「うちはよそと違って、月に二度休む。その日にだらっとしてるか、おのれで思案して修業するかで、伸びが違ってくるからな」

「舌だめしにも行ってますんで」

　信吉が言った。

「おのれの好きな甘えもんばっかり食ってるっていう話も聞いたぞ」

　長吉は耳に手をやった。

「い、いや……それも修業のうちで」

　信吉は開き直った。

「まあいいや。千吉はやる気があるんで、長屋でもいろいろ教えてやんな」

　長吉屋のあるじが言った。

「へい」

「承知で」

　千吉の兄《あに》弟子の声がそろった。

五

「柳刃はそこへ置いときな」

益吉が長屋の隅を指さした。

釜の脇に道具立てがあり、とりどりの包丁が並んでいる。

「はい。煮方の捨吉さんに叱られちゃったけど」

千吉は苦笑いを浮かべた。

「捨吉さんはいつもあんなしゃべり方だから」

信吉が笑って言う。

「そうそう。べつに叱ったわけじゃないんだ」

益吉も言った。

千吉が父から贈られた柳刃包丁を長吉屋の厨に置こうとしたら、煮方の捨吉が顔をしかめて、

「十年早え。長屋へ置いときな」

と、蝿《はえ》を払うようなしぐさをした。

出鼻をくじかれた千吉は思わずべそをかきそうになったが、ぐっとこらえた。

(つらいことがあっても、泣いちゃいけないわよ。もうわらべじゃないんだから)

母のおちよからはそう言われている。

「なら、湯屋へいくっぺ」

益吉が地《じ》の言葉を出した。

「なかなかいい湯だべ」

信吉も和す。

在所からひとかどの料理人を目指して江戸へ出てきた若者たちだ。負うてきた笈《きゅう》のなかには夢も詰まっている。

「なら、お供します」

千吉は兄弟子たちに言った。

「一町半ほど歩くから」

「道々、話をしながら行くっぺや」

「はい」

そんな按配で、三人の料理人の卵は湯屋へ向かった。

もう日は暮れている。

いちばん年かさの益吉が提灯《ちょうちん》をかざし、千吉の足元も照らしてくれた。

「よそと違って、うちはどんどん教えてくれるから」

信吉が言った。

「ただ……」

少し咳きこんでから、益吉は続けた。

「待ってるだけじゃいけないよ。お客さんの食べ残しがあれば、たれを味見して舌に覚えさせたりするんだ」

兄弟子は身ぶりをまじえて告げた。

「ああ、なるほど」

千吉がうなずいた。

「まかないだって、よそより早めにやらせてもらえるっぺ。おめえは師匠の孫なんだから、なおさら早いよ」

と、信吉。

「ただ、まずいものをつくったらぼろくそ言われるから、覚悟しておきな」

そう言いながらも、益吉の顔には笑みが浮かんでいた。

千吉は一人息子だから、兄はいない。まるで実の兄のような、優しい笑顔だった。

湯屋では一緒に湯船につかり、兄弟子の背中を流した。

「ああ、気持ちいいべ」

益吉はそう言って喜んでくれた。

ただ……。

千吉は気にかかった。

兄弟子はずいぶん痩《や》せていて、あばら骨も浮いていた。「こいつはちょいと線が細くて、たまに寝込んだりする」と祖父が言っていたとおり、体は強くなさそうだ。

一方の信吉は、顔と同じくおなかも丸かった。聞けば、わらべのころから大飯食らいで、親は料理人にさせるか相撲取りか迷ったらしい。相撲取りには背が足りないから料理人の卵になったと、帰り道に信吉は面白おかしく語ってくれた。

「今夜は出てないね」

提灯で先導しながら、益吉が言った。

「何がです？」

千吉が問う。

「屋台の煮売り屋だよ。気が向いたら蕎麦《そば》も出すんだ」

「なかなかうめえっぺ」

信吉が笑みを浮かべた。

「留蔵《とめぞう》さんっていう人でな。おれらに良くしてくれる」

と、益吉。

「なら、今度一緒に」

千吉が言った。

「ああ。おめえはまだ酒は駄目だぞ」

兄弟子がクギを刺した。

「分かってます」

千吉は笑顔で答えた。

こうして、弟子入りの初日は滞りなく終わった。

第四章　修業始め（梅ちらし）

一

「おはようございます」

見世の前を竹ぼうきで掃いていた千吉があいさつした。

「おう、いい声だね」

近所の隠居が笑みを浮かべる。

「はい、元気出してやってます」

千吉も笑顔で答えた。

「訛《なま》りがないけど、郷里《くに》はどこだい」

千吉の出自を知らない好々爺《こうこうや》が問う。

「江戸で生まれました」

「そうかい。なら、親元へ帰りやすいな」

「もうじき正月なので、楽しみです」

千吉は明るい声で答えた。

長吉屋に修業に来てから、早いものでひと月が経った。

まだいちばん年若の追い回しだから、こうして掃除をしたり、兄弟子から言いつかった用をこなしたりするばかりだ。

それでも、大根の漬物の下ごしらえなどはやらせてもらえるようになった。長屋で同じ益吉と信吉が教えてくれたが、千吉はのどか屋の厨で心得がある。それに、大根の三つ輪漬けなどはもともと時吉が長吉から教わったものだ。千吉の手際があまりにもいいから、兄弟子たちは舌を巻いたものだ。

長吉は孫を気遣って、

「休みの日にはのどか屋へ帰ってもいいぞ。駕籠代くらいは出してやるから」

と、いくたびか言った。

だが、千吉は心に期するところがあったらしい。

「お正月に帰るので」

そう答えるばかりで、進んで戻ろうとはしなかった。

潮来の益吉、館山の信吉。ほかの兄弟子たちも遠くから修業に来ている。おのれだけ駕籠を使ってのどか屋へ帰ったら申し訳ない。

心やさしい千吉はそう考えているようだった。

千吉が帰ってこないから、のどか屋の客が長吉屋に顔を出し、時吉とおちよに様子を伝えていた。

隠居の大橋季川はもともと長吉屋の客で、こちらのほうが住まいに近い。ふらりと顔を見せることが多くなった。

その日も、七つごろに隠居が長吉屋ののれんをくぐった。

一人ではない。元締めの信兵衛と、儒学者の春田東明も一緒だった。千吉の寺子屋の師匠も、もとは長吉屋の客筋だ。

「いらっしゃいまし。お揃いで」

今日は長吉が厨に立っていた。

脇板の大吉に加えて、焼き方の益吉が従っている。若い衆はかわるがわる一枚板の席の前に立たせて、場数《ばかず》を踏ませるのが長吉のやり方だ。

「千坊はどうだい？」

席に座るなり、隠居が問うた。

「ちょうどいいところに。今日は初めてまかないをやらせてみたんで」

長吉の目尻にいくつもしわが寄った。

「へえ、そりゃ早いね」

季川の顔に驚きの色が浮かんだ。

「こいつと洗い方の信吉、おんなじ長屋の兄弟子と一緒に知恵を出してつくれって言ったんで」

長吉が益吉のほうを手で示した。

益吉が笑みを浮かべて頭を下げる。

「千吉さんは奥でしょうか」

いつもどおり折り目正しい春田東明がたずねた。

「へい。益吉、ちょいと呼んできてやれ」

長吉が命じた。

「承知しました」

兄弟子は厨から奥へ入った。

天麩羅や炭火焼きなど、できたてを供したいものは客の目の前で料理するが、手間のかかるものは奥の厨でつくる。そこから女衆が座敷へ運んでいくものも多かった。

ややあって、千吉が兄弟子とともに姿を現した。

「あっ、ご隠居さんに先生。元締めさんも」

千吉の顔がぱっと輝いた。

「元気そうだね、千吉さん」

春田東明が笑顔で言った。

「今日はまかないをつくったそうじゃないか」

隠居が言った。

「どういうまかないだい？」

信兵衛がたずねた。

「蒟蒻《こんにゃく》をつかって薄造りの稽古をしてたんです。んーと、それを使って……」

しっかりはしてきたが、まだ満で十になったばかりだ。話に後先《あとさき》が生じるのはやむをえないことだった。

「散らし寿司の具にしたんです」

益吉が助け舟を出した。

「蒟蒻の薄造りをかい」

隠居が驚いたように言った。

「そのままだとでけえんで、さらに細かく切って、梅だれに漬けたのがなかなかの思案でしてね」

すでに味わっている長吉が伝えた。

「そりゃ、食べてみたいね」

と、隠居。

「まだあるかい？」

元締めも乗り気で問う。

「うん、あるよ……いや、ありますよ」

千吉は言葉を改めた。

「なら、持ってきな」

長吉がうながした。

「手伝おうか？」

脇板の大吉が手を止めて声をかけた。

「いえ、一人で運べますから」

千吉はそう断って、いったん奥へ姿を消した。

「お、手は大丈夫か」

長吉が益吉に小声で訊いた。

「へい……相済まないことで」

若い料理人の左手には布が巻かれていた。

わずかに血がにじんでいる。

「包丁で切ったのかい？」

隠居がたずねた。

「いえ、牡蠣《かき》の殼《から》を剝くときに切ってしまいまして」

線の細い若者が顔をしかめた。

「そうやって痛い思いをして覚えるもんだ」

と、長吉。

「おれもいくたびか切ったさ」

脇板が笑って言った。

いまなら軍手をはめて牡蠣の殼を剝くが、当時はそんな便利なものはなかった。

ほどなく、千吉がまかない料理を運んできた。

大きな盆に皿がいくつも載っているから危なっかしい。

「おいらが手伝ってやるよ」

左手に傷を負っているのに、益吉が手を貸してくれた。

「ありがとう、兄《あに》さん」

「まずはお客さんにだ」

「へい……梅ちらしでございます」

千吉が一枚板の席に皿を差し出した。

「こりゃ、うまそうだね」

隠居が温顔で受け取る。

「彩りも豊かです」

皿を見るなり、春田東明が言った。

酢と醬油でのばした梅肉《ばいにく》に漬けた蒟蒻の薄切りのほかに、ゆでた隠元《いんげん》に錦糸玉子《きんしたまご》、刻んだ油揚げに胡麻に海苔、さまざまな具が入っている。

「うん、酢飯の按配もちょうどいい」

元締めが太鼓判を捺《お》した。

「まかないでこれだけできりゃ、まあ上出来だな」

長吉も言った。

「長屋でも稽古してるんで」

千吉は胸を張った。

「包丁の稽古かい？」

隠居が問う。

「それもあるけど、魚屋さんがあらをくれたりするから、あら炊きとかつくってます」

千吉は答えた。

「棒手振りさんがよく売れ残りをくれるんです。大根と炊き合わせたりして」

兄弟子の益吉が言った。

「そうかい。なら、どんどん腕が上がるね」

と、隠居。

「のどか屋から離れて寂しくはないかい」

信兵衛が問うた。

「猫がいないのが寂しかったけど、長屋でも飼うようになったので」

「ほう、どんな猫だい」

「牡《おす》だけど、のどかにそっくりな柄《がら》で」

千吉はそう伝えた。

「のどかとおんなじ柄の猫はほうぼうにいるからな」

長吉がそう言ったとき、脇板の大吉がこしらえていた料理が仕上がった。

牡蠣の玉子包みだ。

益吉はしくじってしまったが、牡蠣の殻を慎重に剝き、身をていねいに洗ってぬめりや汚れを取る。

たっぷりの大根おろしを使い、身を傷つけないように洗うのが骨法だ。爪を伸ばしていてはいけない。日ごろからの身だしなみが大事になる。

料理の皿を下から出すように、底から両手でやさしくすくうように洗っていく。さらに、細かな殻が付いていないかよくたしかめながら、水で大根おろしを落としていく。

こうして下ごしらえを終えた江戸前の牡蠣を、平たい鍋に油を敷いて炒《いた》める。牡蠣の表裏に塩胡椒をし、身がふっくらとするまで炒めたら、水気を拭いた殻に二、三粒ずつ並べる。

ここからがこの料理の真骨頂だ。

溶き玉子に塩胡椒をし、ふわふわになるまでよくまぜ、せん切りの人参や刻んだ葱などを加える。

この玉子の衣を牡蠣の上にかけ、天火《てんぴ》（当時のオーブン）にかけて焼き色がつくまで焼き、あつあつをお出しする。

手間のかかったひと品だ。

「これは長吉屋ならではだね」

隠居が相好《そうごう》を崩した。

「のどか屋だと、ここまで凝った肴は出ないから」

元締めも和す。

「のどか屋にはのどか屋の味があるよ」

いくらか不平そうに、千吉が言った。

「おめえはうちの下っ端だからよ」

長吉がやんわりとたしなめる。

「まあ、千坊の様子を伝えたら、時さんもおちよさんも安心するだろう」

隠居の白い目尻が下がる。

「ほかのお客さんも案じていたけれど、これなら大丈夫だね」

「はい、先生」

かつての手習いの師匠に向かって、千吉はいい笑顔で告げた。

二

「傷はどうです？　兄さん」

千吉は益吉にたずねた。

「ちょいとしみるが……平気だべ」

兄弟子は左手をぽんとたたいた。

風呂上がりだ。

いつもの湯屋に入り、信吉を含む三人で長屋に戻るところだった。

「お、提灯が出てるっぺ」

信吉が行く手を指さした。

「留蔵さんの屋台だな。舌だめしをしていくか」

益吉が千吉の顔を見た。

「風が冷たいから、何かあったかいものを」

千吉が首をすくめる。

「そうだな。蕎麦をやってればいいんだが」

益吉はそう言って足を速めた。

屋台の赤提灯には何も記されていない。屋台があり、食べ物の香りがあり、長床几が置かれていればいい。

幸い、先客はいなかった。

「こんばんは」

益吉が声をかけた。

「いらっしゃい」

留蔵が落ち着いた声を発した。

もう四十の坂は越えている。だんだん屋台をかつぐのが難儀になってきた、としばしばこぼしている。

あまり多くは語りたがらないが、若いころは料理人を志したこともあるらしい。そのよしみで、長吉屋の若い料理人には目をかけており、折にふれて食い物や酒をおまけしてくれる。

「おっ、蕎麦があるね」

益吉がまず言った。

「兄さんはお蕎麦が好きだから」

と、千吉。

「うちの蕎麦なんて、江戸でも下から数えたほうが早えくらいだけどな」

留蔵が味のある笑みを浮かべた。

「いや、それでも蕎麦は蕎麦なんで」

長床几に腰を下ろした益吉が言った。

兄弟子はずずっと音を立ててうまそうに蕎麦を食べる。

「あ、焼き豆腐がおいしそう」

千吉が覗きこんで言った。

「煮蛸《にだこ》と焼き豆腐、それに蕎麦と酒だけの屋台だがな」

留蔵が言った。

「それだけありゃ十分だべ、おやじさん」

信吉が笑みを浮かべた。

蕎麦は締めに取っておいて、煮蛸と焼き豆腐を味わうことにした。酒はもちろん年長の益吉だけだ。

「おめえんとこは、豆腐飯が有名なんだってな」

味のしみた焼き豆腐を食しながら、益吉が言った。

「それを目当てに旅籠に泊まりに来るお客さんもたくさんいます」

千吉が得意げに答えた。

「豆腐飯ってのは、細かく刻んだのをまぜるのかい？」

留蔵がたずねた。

「いえ、じっくり煮た豆腐をほかほかのごはんにのせて、薬味をかけて食べるんです。始めは上のお豆腐だけをすくって……」

千吉は匙を動かす身ぶりをそえながら答えた。

「そりゃうまそうだ」

屋台のあるじは乗り気で言った。

「お豆腐だけでもおいしいので」

「飯がなくてもいいのかい」

「はい。それだけで肴になります」

千吉はここぞとばかりに言った。

「おやじさん、豆腐屋につてがあるんだから、出してみたら？」

益吉が水を向けた。

「そうだな……」

留蔵は思案げな顔つきになった。

「まずは舌だめしをしないと」

信吉が言う。

「朝に豆腐飯だけ食べにくるお客さんもいますよ」

千吉が押しをかけてきた。

「そうかい。それだけ食べに行ってもいいのかい」

留蔵は再び乗り気な顔つきになった。

「近くの普請場へ来た大工さんとか、喜んで食べてます」

と、千吉。

「なら、そのうち食って来よう。場所はどこだい」

「横山町の通りに『の』って大きく染め抜かれたのれんが出てますから、すぐ分かります」

千吉は指で「の」をかいてみせた。

「話を聞いてたら、おらも食いたくなったべ」

信吉が笑みを浮かべる。

「なら、今年の最後の休みはのどか屋で舌だめしだ」

益吉が言った。

「だったら……」

千吉が少し迷ってから言った。

「わたしが案内役で行きましょう」

いくらかすました顔で千吉は言った。

「案内役だな」

兄弟子は呑みこんだ顔になった。

のどか屋に帰りたいのはやまやまだが、師匠の孫だからすぐ帰してもらったのではほかの兄弟子に悪い。遠くから修業に来ているから、帰りたくても帰れない料理人はたくさんいる。

それで、正月までは辛抱すると言っていたのだが、のどか屋への案内役ということなら大手を振って帰れる。

「うん、案内役で」

千吉はしかつめらしい顔でうなずいた。

「なら、今度の休みに」

信吉が話をまとめた。

「楽しみだな」

益吉も穏やかな笑みを浮かべた。

「なら、このへんで蕎麦を」

留蔵が大鍋を指さした。

「ああ、お願いします」

益吉が右手を挙げた。

「おらも」

「わたしも」

手が次々に挙がる。

「はいよ」

屋台のあるじが小気味よく手を動かしだした。

ほどなく、かけ蕎麦が次々にできあがった。

「ああ、うめえ」

音を立てて啜ってから、益吉が言った。

「ほんとにお蕎麦が好きですね、兄さん」

千吉が箸を止めて言う。

「田舎の潮来じゃ、蕎麦の水団《すいとん》ばっかりだったから」

と、益吉。

「蕎麦がきみたいなもんですか」

信吉が問うた。

「そんな上品なもんじゃねえっぺ。大豆を砕いた呉汁《ごじる》に蕎麦粉を練って丸めた水団、それに芋がらなんぞを入れて煮ただけで。たまに人参とか入ってたらごちそうだった」

どこか遠い目つきで、益吉は言った。

千吉が訊く。

「兄さんもつくってたんですか？」

「ああ。江戸へ修業に出る前の晩にもつくったさ」

益吉は答えた。

「じゃあ、兄さんの味ですね」

千吉が笑みを浮かべた。

「どうだかな。ちゃんと切れてるほうがうめえさ」

益吉はそう言うと、残りの蕎麦をうまそうに啜った。

三

「どうも帰るのが億劫《おっくう》になっていけないね」

隠居の大橋季川が苦笑いを浮かべた。

のどか屋の二幕目に根を張って呑んでいると、浅草へ帰るのが億劫になる。足はまだまだ達者とはいえ、酒が入ればべつだ。

そこで、のどか屋の一階の部屋が空いていればそのまま泊まることが多くなった。

「そう言や、ここんとこよく豆腐飯を食ってますな、ご隠居」

「おれらはここいらに普請場ができて助かってるがよ」

「のどか屋の豆腐飯を食ってから普請場に出りゃ、倍の力がわくさ」

なじみの大工衆が言った。

その近くで、もう一人の男が匙を動かしていた。泊まり客ではない。初めて見る顔で、豆腐をひと口ひと口味わうように食している。

「おまえさん……」

おちよが小声で言った。

時吉も気づいていた。どうやら舌だめしらしい。どこぞの見世のあるじが豆腐飯のうわさを聞き、あわよくばわが味にとひそかに舌だめしにやってくることは間々あった。

「修業先でもつくってんのかねえ、ここの後継ぎさんは」

「そりゃ、まかないにしたら大喜びだろうよ」

「後を引く味だからな」

大工衆がなおも言う。

「まかないの梅ちらしはなかなかのものだったよ」

隠居が伝える。

「へえ、そうですかい」

「それも食ってみてえな」

大工衆がそう言ったとき、初顔の男が意を決したように匙を置いた。

「おかみ」

ちょうど茶を運んできたおちよに声をかける。

「はい、何でしょう」

「いや、その、ここの跡取りさんに焚《た》きつけられて来たんで。おいら、屋台で煮売りや蕎麦をあきなってる留蔵っていうんだが」

男はそう名乗った。

「うちの千吉に？」

おちよの顔に驚きの色が浮かんだ。

「兄弟子たちと一緒に来てくれてよ。のどか屋の豆腐飯はうめえから、舌だめしをして、気に入ったら屋台でも出しゃどうかと」

留蔵がいきさつを述べた。

「まあそうですか」

おちよの表情がぱっと晴れた。

「お味はいかがでしたか？」

厨から時吉が問うた。

「うまかった」

感に堪えたように言うと、屋台のあるじはやにわに土間へ下りて両手をついた。

「どうか味つけを教えてくだせえ。てめえの屋台で出しゃ、客に喜んでもらえると思うんで。このとおりで」

留蔵は土下座《どげざ》をして頼んだ。

「お手を上げてくださいまし」

時吉は声をかけた。

「教えるのかい？」

隠居が温顔で訊く。

「ええ。千吉の顔を立てないと」

時吉は笑って答えた。

「ありがてえ」

留蔵が顔を上げた。

「おお、いいじゃねえか」

「教わって、気張ってやんな」

「おれらも食いに行くからよ」

気のいい大工衆が口々に言った。

朝の膳が峠を越えたあと、さっそく留蔵に豆腐飯のつくり方の勘どころを教えた。

屋台で煮物を手がけているだけあって、留蔵の呑みこみは早かった。豆腐飯にはのどか屋の命のたれも使う。毎日、少しずつ継ぎ足しながら使っているたれのつくり方まで伝授し、蓋付きの小ぶりの瓶に入れて渡すと、留蔵は涙を流して喜んだ。

「ありがてえ。大事にしまさ。ありがてえ」

屋台のあるじは繰り返し言った。

「そのたれを使って、浅草の人たちにおいしいお豆腐を出してくださいな」

おちよが笑顔で言った。

「へえ、そうしまさ……あ、そうだ」

留蔵は何かを思い出したような顔つきになった。

「跡取りさん、兄弟子らの案内がてら、ここへ来ますぜ」

屋台のあるじが指を下に向けた。

「まあ、千吉が？」

またおちよの顔が晴れやかになる。

「よかったですね、おかみさん」

片付け物をしながら、おけいが言った。

「そりゃあ、故郷に錦だね」

隠居の白い眉が下がった。

「いつかは分からねえんだが、来ることはたしかなんで」

留蔵も笑みを浮かべて伝えた。

四

千吉たちがのれんをくぐってきたのは、翌る日の二幕目だった。

一枚板の席には隠居と元締め、小上がりの座敷には岩本町の名物男と野菜の棒手振りが陣取っていた。おなじみの顔ぶれだ。

「ただいまー」

千吉の元気のいい声が響いた。

「おお、千坊」

寅次がまず声をあげた。

「里帰りかい」

富八が問う。

「ううん、兄さんたちの舌だめしの案内に来たの」

千吉はそう答えた。

「ま、そういうことにしてやっといてくれ」

二人の兄弟子ばかりではなく、長吉も付き添っている。

「うちの千吉がお世話になってます」

おちよが頭を下げた。

「長屋で一緒の益吉です」

「同じく、信吉です」

二人の兄弟子があいさつする。

「おめえらの兄弟子の時吉だ」

長吉が手で厨のほうを示した。

「せがれが世話になってます」

手を動かしながら、時吉が言った。

「吉だらけで縁起がいいね」

隠居が身ぶりをまじえて言ったから、のどか屋に笑いがわいた。

「長だらけよりはましでしょうに、ご隠居」

と、長吉。

「ああ、そりゃそうだね」

隠居はうなずいた。

「まあ、上がってくださいな」

おちよが座敷を手で示した。

「相席で悪いがよ」

「今日はうめえもんがたんと出るから」

岩本町の御神酒徳利が笑みを浮かべた。

「元気だったかにゃ？」

千吉は猫たちに声をかけた。

いちばん年かさのちのが手の臭いをかぎにくる。

「憶えてるかしら」

旅籠のほうから戻ってきたおけいが言った。

しばらく臭いをかいでいた猫は、千吉の手をぺろっとなめた。どうやら憶えていたらしい。

ほどなく、おそめとおこうも客をつれて戻ってきた。跡取り息子が帰ってきたおかげで、のどか屋はずいぶんとにぎやかになった。

「そろそろ牡蠣飯ができますが、いかがでしょう」

時吉が座敷に声をかけた。

「なら、それから舌だめしを」

「そりゃ食いたいっすね」

二人の兄弟子が言った。

「おれにもくんな」

一枚板の席に陣取った長吉も手を挙げた。

「承知しました」

時吉は一つうなずいて釜のほうへ歩み寄った。

牡蠣を酒と醬油と塩で酒炒りし、いったん冷ます。これを漉《こ》して、昆布《こんぶ》のだしでのばす。牡蠣の味のしみたこの汁で飯を炊くと、実にふくよかな味になる。

牡蠣の身は炊きあがる間際に投じ入れる。そうすればぷりぷりとした食べ味が残る。

炊けたら蒸らし、芹《せり》のせん切りを加えれば、風味豊かな牡蠣飯の出来上がりだ。

「うまいっすね、益吉兄さん」

まず信吉が言った。

「おいしい」

千吉はそのひと言だ。

「ちょいと体がだるかったんだが、吹き飛ぶような味だな」

牡蠣飯を味わいながら、益吉が言った。

「ちょうどいい按配だ」

一枚板の席で、師匠の長吉が太鼓判を捺した。

「まだまだ千坊に負けるわけにゃいかないからね」

元締めが言う。

「貫禄の味だよ」

隠居も和した。

座敷では、寅次と富八が二人の弟子に話しかけていた。

「おめえさんら、郷里《くに》はどこだい」

「水郷の潮来です」

「房州の館山で」

「なら、野菜より魚がうめえな」

「鰯《いわし》のなめろうとか、それを焼いたさんが焼きとかが自慢の料理で」

まず信吉が言った。

「うちだって、鰯の料理はあるべ」

益吉が言い返す。

「潮来は海がねえじゃねえか」

寅次がいぶかしそうな顔になった。

「いや、銚子《ちょうし》が近いんで、舟で運んでくるんです」

益吉が言った。

「ああ、なるほど」

「鯉《こい》などの川魚料理もありますが、鰯のつみれやすり下ろした身を使った揚げ物もよく食ったもんで」

益吉はそう言うと、肩が凝るのか、手でとんとんとたたいた。

牡蠣の料理がさらに出た。

大根と合わせた鍋で、時吉の得意料理の一つだ。

拍子木切りした大根を下ゆでして臭みを取っておくのが骨法で、霜降りにした牡蠣を昆布だしと薄口醬油と酒で上品に煮て大根と合わせる。一味《いちみ》唐辛子《とうがらし》をはらりとかければ、寒い時分にはこたえられない大根牡蠣鍋の出来上がりだ。

「大根がいい仕事してるねえ」

「言うと思ったぜ」

いつもの掛け合いだ。

「でも、大根の煮え方がちょうどいいよ」

千吉が大人びた口調で言った。

「跡取りさんのお墨付きが出たね」

隠居が笑みを浮かべた。

「ありがたいことで」

時吉が大仰《おおぎょう》に頭を下げたから、のどか屋に和気が満ちた。

「千坊はちゃんと修業してるかい」

寅次が益吉にたずねた。

「そりゃあもう。おいらなんか、いまだに牡蠣で手を切ってるくらいですけど、千吉は筋がいいんで」

兄弟子が答える。

「まかないの梅ちらしもえらく評判だったんで」

信吉も和した。

それを聞いて、おちよがさりげなく胸に手をやった。

「ま、思ったよりつとまってるな」

長吉がそう言って、猪口の酒を干した。

「なら、正月の厨は任せましょうか」

時吉が上機嫌で言った。

長吉屋は三が日が休みで、正月か藪入《やぶい》りか、好きなほうに里帰りをしてもいいことになっていた。旅籠があるのどか屋は休みなしだから、千吉がさっそく腕を振るうこともできる。

「梅ちらし、つくるよ」

座敷から千吉が言った。

「正月からまかない料理ってわけにもいかねえだろう。もうちょっと華《はな》を添えな」

長吉がすかさず言った。

「はい」

千吉が素直に答えたとき、ひょこひょこと二代目ののどかが入ってきた。

「あっ、ただいま、のどか」

千吉が弾んだ声をあげる。

「みゃ」

のどか屋の守り神は、おかえりとばかりにひと声ないた。

そして、ひょいと座敷に飛び乗ると、跡取り息子に身をすりつけだした。

五

翌《あく》る晩──。

長吉屋の三人は湯屋から上がり、長屋へ戻る途中だった。

「あっ、屋台が出てる」

千吉が真っ先に指さした。

「留蔵さんの屋台だな」

「今日も蕎麦があるかな」

兄弟子たちが足を速める。

「おお、いらっしゃい」

留蔵がいつになく弾んだ声をあげた。

「のどか屋仕込みの煮豆腐、今晩がお披露目だよ」

今日の屋台は、煮豆腐と蕎麦だった。

「うちに修業に来たんだね。聞いたよ」

千吉が笑顔で言った。

「修業なんてたいそうなもんじゃねえが、おやっさんが快く教えてくれてね」

屋台のあるじも笑みを浮かべる。

「おら、まだ食ったことがねえべ」

信吉が大鍋を覗きこむ。

「蕎麦にのっけてもうまそうだべ」

益吉も言った。

「なら、さっそく」

留蔵はよく煮えた豆腐を皿によそって差し出した。

「ああ、うめえ」

まず信吉がうなった。

「どうだい、跡取りさん」

いくぶん不安げに、留蔵は千吉に問うた。

千吉はゆっくりと味わってから答えた。

「のどか屋の味！」

それを聞いて、屋台のあるじの表情がぱっと晴れた。

「うめえし……食いやすい」

益吉も満足げに言った。

どうしたわけか、いくらか口を開けづらくなってしまっているらしい。豆腐ならやわらかいから食べやすいようだ。

「これなら名物になるよ」

千吉が言った。

「ありがてえこって」

留蔵が笑顔で答えた。

続いて、蕎麦に煮豆腐をのせて食べてみた。

「冷たいお蕎麦に冷や奴をのせて、薬味とおつゆをかけて崩しながら食べるお料理があるけど、あったかいのは初めて」

千吉が言った。

「それもうまそうだべ。茗荷《みょうが》や生姜《しょうが》をたっぷりのせて」

と、信吉。

「ああ、これも心にしみる。潮来のおとうやおかあや弟に食わしてやりたい」

益吉がしみじみと言った。

「弟がいるんですか、兄さん」

千吉が問うた。

「二人いる。片方はまだちっちゃいけど」

「なら、今度帰ったときにでも」

「そうだな」

煮豆腐をのせた蕎麦を味わいながら、その後も話が続いた。

益吉も信吉も、修業を終えて郷里に帰り、おのれの見世を出すのが夢だった。

益吉の生まれ故郷の潮来は舟運で栄えた町で、料理屋も多いが、お女郎《じょろう》を置いている見世も目立つ。そうではなく、料理一本で立って、遠くからも来てくれるような見世にしたい。

それが益吉の夢だった。

「潮来まで食べに行きますから」

千吉が笑みを浮かべた。

「いつになるか分からないけどな」

益吉は少しこわばった笑顔で答えた。

第五章　新年の暗雲（鯛茶）

一

年が明けて、天保《てんぽう》七年（一八三六）になった。

江戸の正月は人の出入りが多い。田舎へ帰る者がいれば、江戸見物に訪れる者もいる。

江戸へ来た者は宿を求めるから、旅籠付きの小料理屋に正月休みはない。のどか屋も年明けからのれんを出していた。

今年の正月はいつもと違った。

修業に出ていた跡取り息子の千吉が帰ってきて、厨に立ったのだ。正月の泊まり客には縁起物の昆布巻きや数の子、それに紅白のねじり蒲鉾《かまぼこ》なども膳に添える。その一つ一つを千吉はていねいにつくっていた。

だが……。

久々に里帰りをして厨に立ったというのに、千吉の表情はどこか晴れなかった。受け答えにもやや元気がなかった。

千吉の具合が悪いわけではなかった。

芳《かんば》しくないのは、兄弟子の益吉だった。


「心配だね、千坊」

正月から一枚板の席に陣取っている隠居の季川が声をかけた。

「うん……師匠がお医者さんを探してるんだけど」

千吉は浮かない顔で言った。

「風邪をこじらせたのかな？」

元締めの信兵衛が問う。

「熱はあるけど、ただの風邪じゃないみたいで」

千吉が答えた。

「良くなるといいけど」

おちよが案じ顔で言う。

「郷里《くに》へ帰りたかったみたいなんだけど、益吉兄さん」

と、千吉。

「郷里はどこだい」

隠居が訊いた。

「潮来」

「そりゃ遠いね」

「うん。ほんとは帰るつもりだったんだけど」

千吉は伝えた。

「なら、長屋で一人で臥《ふ》せってるのかい」

時吉が問うた。

「信吉兄さんがいるし、ほかの兄弟子や女衆も看病に来てるんだけど……」

千吉はそこで声を詰まらせた。

「いいお医者さんが見つかるといいけど」

と、おちよ。

「清斎先生はどうだい」

隠居がのどか屋の常連だった医者の名を出した。

青葉清斎は腕の立つ本道（内科）の医者で、薬膳料理にも詳しい。そちらのほうでは時吉の師だ。昨年、診療所がもらい火で焼けてしまったが、これまたのどか屋のなじみの醤油酢問屋、竜閑町の安房屋の敷地に移り、妻の産科医の羽津《はつ》とともに多くの患者を診ている。かつて難産のおちよを救い、千吉を取り上げてくれたのも羽津だ。

「清斎先生なら兄さんを治してくれるかも」

千吉の顔が少しだけ明るくなった。

「熱のほかはどうなんで？」

座敷に座った客がたずねた。

のどか屋を定宿《じょうやど》にしてくれている越中富山の薬売りの二人連れだ。

「薬ならいろいろあるっちゃ」

もう一人が箱を手で示す。

「背中がこわばって痛いって言うので、ゆうべもさすってたの。兄さん、早く良くなれって」

千吉は涙目で言った。

「熱さましや痛み止めの薬もさることながら、元を治してくれないことにはね」

隠居が腕組みをした。

「じゃあ、おとっつぁんがお医者さんを見つけられなかったら……」

おちよが時吉の顔を見た。

「清斎先生のところまで走ることにしようか。正月だから、こっちはなんとかなる」

時吉はすぐさま言った。

「厨は跡取りさんがいるからね」

季川が腕組みを解き、千吉のほうを手で示した。

「なら、跡取りさんに自慢の腕を」

元締めが水を向けた。

「だったら、鯛茶《たいちゃ》でもつくるか」

時吉が言った。

「うん」

沈んだ気を取り直すように、千吉は一つうなずいてから料理をつくりだした。

細づくりにした鯛の上身をつけ醤油にほどよくつけておく。醤油が一、だしが二の割にするとちょうどいい味になる。

大ぶりの茶碗にごはんをよそい、鯛をのせてから薬味を添える。

大葉に茗荷に海苔、それに、細かく砕いたあられを加えると、食べ味がさらに香ばしくなる。

煎茶やほうじ茶でもいいが、いくらか味を控えた熱々のだしがいちばんうまい。細づくりの鯛に熱が入ると、えもいわれぬ口福《こうふく》の味になる。

「はい、できました」

千吉は一枚板の席の客に鯛茶を出した。

もちろん、「両手で下から」だ。

「ひとかどの料理人らしい所作になってきたねえ」

隠居が目を細めた。

「こりゃうまそうだ」

元締めがさっそく箸を取った。

座敷にはおちよと時吉が運んでいった。

薬売りたちも鯛茶を味わう。

「うまいっちゃ」

「身の芯からあったまるね」

客の顔に笑みが浮かんだ。

鯛茶にて始まる年のめでたさや

季川は即興で発句を詠んだ。

「では、おちよさん、付けておくれ」

隠居は弟子のほうを見た。

「またいきなりで」

苦笑いを浮かべると、おちよはいくらか思案してからこう付けた。

凧《たこ》は帰るよふるさとの家

「なんだか変な付け句ですけど」

おちよは小首をかしげた。

「兄弟子が郷里へ帰りたがってたという話を聞いたからだろう」

時吉が言った。

「ああ、そうかも」

おちよがうなずく。

「何にせよ、早く良くなってほしいもんだな」

時吉の言葉に、今度は千吉が思いをこめてうなずいた。

二

「おう、今年もよしなにな」

駕籠で乗りつけた長吉が言った。

「兄さんの具合は？」

千吉が待ちきれないとばかりにたずねた。

「当てのあった医者が酒をかっくらっててよう」

長吉は顔をしかめた。

「ま、しらふでも腕がどうかっていう医者だがな」

「で、具合はどうなの、おとっつぁん」

今度はおちよがたずねた。

「だいぶつらそうで、顔が引きつってきちまってな。正月から難儀なことになった」

古参の料理人の顔に憂色が浮かぶ。

「なら、清斎先生のところまで走ります」

時吉が右手を挙げた。

「駕籠がまだそこへんにいるぜ」

長吉がのれんのほうを指さした。

それを聞いて、千吉が急に動きだした。

小さいころは足が悪かったとは思えないほど俊敏な動きだった。

「駕籠屋さん、待って」

精一杯の声で呼ぶ。

猫たちがびっくりして逃げたほどの大声だった。

千吉のおかげで、駕籠屋は気づいて引き返してきた。

「わたしも行きたいけど……」

千吉が父の顔を見た。

大好きな兄さんの身を案じるあまり、いまにも泣きだしそうだ。

「まかせときな。おまえは待ってろ」

時吉は言った。

「駕籠でここへ寄るより、浅草へ行ったほうが早いわよ、おまえさん」

おちよが言う。

「清斎先生が来てくださったらいいんだがねえ」

隠居が首をひねった。

「もし清斎先生が無理でも、病のさまを告げれば、それに合う医者を紹介してくださるんじゃないかな」

元締めが知恵を出した。

「なるほど。それでまいりましょう」

時吉が言った。

長吉がくわしく益吉の病のさまを告げ、長屋の場所を伝えた。

これで段取りが整った。

「だったら、長屋で待ってる」

千吉がそう言いだした。

「なら、おれと一緒に帰るか」

長吉が問う。

「うん」

千吉はすぐさまうなずいた。

「厨は頼む」

時吉がおちよに言った。

「あいよ」

おちよは腹をくくったように答えた。

「正月から、ちよの料理を食わされるのは災難だが、まあ仕方ねえな」

最後に長吉が憎まれ口をたたいた。

おちよは小さく唇を突き出した。

三

清斎と羽津の診療所は正月休みだった。

ただし、どこかへ出かけたわけではなかったのは幸いだった。診療所の奥の長屋には長患いの患者もいる。いつ何時《なんどき》、急変するやもしれぬので、なかなか遠出もできない。

安房屋に年始の挨拶をしたあと、時吉は清斎をたずねた。

わけを話し、益吉の病状を伝えたところ、本道の医者の顔に憂色が浮かんだ。

「おそらくは……」

医書を繙《ひもと》きながら言う。

「傷から毒が入りこむ病でしょう。背中などの身がこわばっているのは、どうも芳しくありませんね」

清斎は厳しい顔つきで言った。

「もしできることなら……」

時吉は座り直して続けた。

「浅草まで往診に行っていただけないかと。千吉が実の兄のように慕っていて、うちにも来てくれたことがあるのですが、いたって心ばえのいい若者なので」

「さようですか……」

清斎は腕組みをした。

「往診するにやぶさかではないのですが、この病は、本来なら腕のいい外科医が適任なのです」

「外科ですか」

時吉が言った。

「そうです。傷から入りこんだ悪《あ》しき菌《きん》のごときものを小刀で剔抉《てっけつ》し、傷口をよく洗浄せねばならないのですが……」

清斎の眉間にすっと縦じわが浮かんだ。

「では、外科の先生をご紹介いただければと……」

時吉は早のみこみをして言った。

本道の医者のおのれでは手に負えないと告げているると思ったのだ。

「いや」

清斎はすぐさま手を挙げて制した。

「たとえ腕のいい外科医が見つかったとしても、もはや手遅れかもしれません」

医者の顔の憂色が濃くなる。

「手遅れ、と」

「悪しき菌を外科手術によって剔抉するのが手遅れだということです。すでに菌が総身に回っており、そのせいで背中がこわばったり熱を発したりしているのでしょうから」

清斎は医書を閉じて告げた。

「悪しき菌が、総身に」

時吉は苦いつばを呑みこんだ。

「ですが、一縷《いちる》の望みはあります」

清斎は座り直して続けた。

「どんな望みでしょう」

時吉は身を乗り出した。

「身の内に回ってしまった毒と、患者さんはいま必死に戦っているところです。熱や汗はその証《あかし》でしょう」

「すると、その峠を乗り切ってしまえば……」

「助かる望みはあります」

清斎は言った。

「その手助けをしてくださるわけにはまいりませんか」

時吉が頼んだ。

「承知しました」

清斎は腹をくくったような顔つきになった。

「わたくしは本道の医者ですが、熱さましの薬などは処方できます。総身から悪しき菌を追い出す手助けになる薬も持ち合わせています。できるかぎりのことはいたしましょう」

「ぜひお願います」

時吉は頭を下げた。

「では、さっそくまいりましょう」

清斎は果断に動いた。

四

医者を乗せた駕籠が長屋に着いたときは、あたりはもうだいぶ暗くなっていた。

千吉は信吉とともに益吉の看病に当たっていた。

熱は高く、濡れた布を額に当てても、すぐ乾いてしまうほどだった。

息をするのもつらそうだ。千吉がのどか屋へ里帰りしているあいだに、兄弟子の病状はさらに募っていた。

「あっ、おとう」

急いで入ってきた時吉を見て、千吉が声をあげた。

「清斎先生をお連れした」

駕籠について走ってきた時吉は、息を弾ませて告げた。

「兄さん、お医者さんが来たよ。もう大丈夫だよ」

千吉は必死の思いで言った。

「これで助かるべ」

看病疲れの見える顔で、信吉も言った。

「師匠に伝えてきます。どうかよしなに」

時吉は清斎に言った。

「では、診させていただきましょう」

薬箱を提げた医者は、患者の枕元に座った。

脈を取り、心の臓の音を聴く。目やのどを診て、首筋に触る。ひとしきり診察が続いた。

「どうです、先生」

千吉が待ちきれないとばかりにたずねた。

「まずは、熱さましを煎じましょう。湯を」

信吉に命じる。

「ただいま」

兄弟子が動いた。

「おら……」

益吉が口を開いた。

顔もこわばっていて、しゃべることすらつらそうだ。

息も荒い。見ているだけでつらくなるほどだった。

「熱を下げることが肝要です。身の養いになるものを少しでも食べて、身の内から毒を押し出していけば、やがては本復《ほんぷく》に至ります。ここが気張りどころですよ」

清斎の言葉に力がこもった。

ほどなく、時吉が長吉をつれて戻ってきた。

「相済みません、弟子のために」

長吉が医者に言った。

「なんの。では、身を起こしましょう」

千吉と信吉も手を貸し、益吉の身を起こした。

ただそれだけの動きで痛みが走るらしく、病人はうめき声をあげた。

「兄さん、しっかり」

千吉が声をかける。

半ば涙声になっていた。

「さ、これを」

清斎が煎じ薬を口元にやった。

唇がこわばってゆがんでおり、薬をのむだけでも大儀そうだったが、益吉はどうにか呑み干した。

「良くなれ、兄さん」

涙声でそう言いながら、千吉は兄弟子の背中をさすってやった。

「もうちょっとの辛抱だぞ、益吉」

長吉も励ます。

ふるさとを遠く離れて修業に出てきた弟子たちは、一人前の料理人にして帰さなければ親御さんに申し訳がない。つねづねそう言っている。これまでも志半ばにしてはやり病などで亡くなってしまった弟子がいたが、長吉はいたく落胆してしばらく喪に服すのが常だった。

「では、また横に」

医者がうながした。

「もういいぞ、千吉」

せがれに声をかけると、時吉は清斎とともにゆっくりと益吉を寝かせた。

「痛えか」

弟子の表情を見て、長吉が短く問うた。

「へい……」

益吉の声は弱々しかった。

「お薬だけじゃ病に勝てないよ。身の養いになるものを食べないと」

千吉が横合いから言った。

「おまえは余計なことを言わなくていいから」

時吉がたしなめる。

「だって……」

千吉はいまにも泣きだしそうだ。

「いや、千吉ちゃんの言うとおりです」

清斎が右手を挙げた。

「これから熱さましの布を当てますが、少しでも胃の腑に入れておいたほうがいいでしょう。何か召し上がれそうなものはありますか？」

医者は患者に問うた。

「粥《かゆ》でも汁でも、何でもつくってやるぞ」

長吉が情のこもった声で言った。

「おら……」

益吉はこわばったのどに手をやってから続けた。

「潮来の、蕎麦の、水団汁《すいとんじる》が、食いてえ」

やっとの思いでそう言ったとき、益吉の目尻からほおへ、ひとすじの水ならざるものがしたたった。

故郷を遠く離れて、重い病に罹ってしまった若者の無念の思いがその一滴にこめられているかのようで、見ている者は何とも言えない心地がした。

「潮来までつれてくわけにゃいかねえが……」

長吉が腕組みをした。

「何かで代わりができませんか」

時吉が言う。

そのとき、外で売り声が聞こえた。

えー、煮豆腐に、二八蕎麦……

酒の屋台でござい……


「あっ」

千吉が声をあげた。

何かに思い当たったのだ。

「留蔵さんの蕎麦を丸めればいいべ」

信吉もひざを打つ。

「おんなじことを思いついたよ」

千吉の表情がやっと少し晴れた。

「よし、なら、わけを話してつくってもらえ」

時吉が言った。

「うん」

千吉はすぐ立ち上がった。

「大豆はひと晩水に浸けとかねえといけねえからな」

長吉が首をひねる。

呉汁は大豆をすりつぶしたものにだしを張り、具と味噌を加えてつくる汁だ。前の晩から水に浸けておかなければ、大豆はやわらかくならない。

「では、それは明日の楽しみとして、今日のところは蕎麦つゆでつくってもらえれば
いかがでしょう」

清斎が水を向けた。

「なるほど。なら、あとで浸けとこう」

長吉が請け合った。

「おれも行こう」

時吉も腰を上げた。

「待っててね、兄さん」

千吉が声をかけた。

病人は目だけで「すまねえ」と伝えた。

五

「ようがすよ、つくりましょう」

わけを話すと、留蔵はすぐさま言った。

「たくさんは食べられないと思う」

時吉が伝えた。

「食いやすいように、なるたけ小さく丸めまさ」

留蔵はそう言うと、ゆでた蕎麦を少しつかんで丼に入れた。

湯を張り、器用に指でこねはじめる。

「具はどうしましょう」

千吉が兄弟子の信吉に問うた。

「葱だけでもいいべ」

信吉が薬味を指さす。

「豆腐を細かく切ったらどうだ？　身の養いになるはずだ」

時吉が水を向けた。

「あっ、そうか」

千吉が髷に手をやった。

「なら、そっちはやってくれ」

蕎麦の水団を丸めながら、屋台のあるじが言った。

「はい、承知」

「丸ごとだと多すぎるな。余った分はおらが食うべ」

信吉が笑みを浮かべた。

かくして、段取りが整った。

みながてきぱきと手を動かしたおかげで、蕎麦水団汁はたちどころにできあがった。

最後に蕎麦つゆを張ると、ほわっと湯気が漂った。

「よし、急いで持っていくぞ」

時吉は千吉に言った。

「うん。ありがとう、留蔵さん」

千吉が礼を言った。

「なんの。それを食って良くなるように、おいらも祈ってるからな」

屋台のあるじは両手を合わせた。

六

「これはおいしそうですね。胃の腑に入れると、身の内の悪しきものを追い出してくれそうです」

丼で運ばれてきたものを見て、清斎が言った。

「さ、食べて、兄さん」

また身を起こした益吉の背をさすりながら、千吉が言った。

益吉がこわばった顔でうなずく。

「お、できたのかい」

長吉があわただしく戻ってきた。

「大豆は水に浸けといた。明日はおれが具だくさんの呉汁をつくってやる。もちろん蕎麦がきの水団も入れてだ。うめえぞ」

師匠は弟子を励ますように言った。

「少しでも、召し上がってください」

清斎は匙にまず蕎麦水団をのせた。

益吉はどうにか口に入れたが、噛むのも大儀そうだった。

「兄さん、しっかり」

千吉が励ます。

「おらもついてるべ」

信吉も和す。

「ゆっくりでいいですから」

清斎が気をやわらげるように言う。

益吉はかすかにうなずき、こわばった口を動かした。

「おめえはひとかどの料理人になって、潮来へ帰らにゃならねえんだ」

長吉が言った。

「おとうやおかあが待ってる。きょうだいもだ。しっかり治して、また修業をしてくれ」

「明日は師匠の呉汁が呑めるからな」

時吉も言う。

「さ、もうひと口」

清斎が蕎麦水団をのせた匙を近づけた。

益吉は力なく首を横に振った。

もうかむ力が残っていないらしい。

「では、つゆだけでも」

医者は汁をすくい直した。

少しだけ刻み葱をまぜる。行灯の灯りを受けて、その青みが儚《はかな》げに浮かんだ。

益吉は最後のひと匙を啜った。

そして、長い息をついた。

「では、額に熱さましの布当てをしますので、またあお向けに」

清斎が言った。

「さ、兄さん……」

千吉も背を支えた。

益吉が見る。

「……すまねえな」

荒い息を吐きながら、益吉は弟弟子に礼を言った。

涙をいっぱいためた目で、千吉はうなずいた。

第六章　潮来《いたこ》へ（酒ゆすぎ）

一

長い夢を見ていた。

ふるさとの潮来まで、益吉はずっと舟を漕《こ》いできた。

一人しか乗れない舟だ。櫂《かい》を操りどおしだったせいで、総身がすっかりこわばっていた。もう漕ぐことができない。

おかあのつくる蕎麦水団《すいとん》汁が呑みたくて、江戸からはるばるここまで舟を漕いできた。

だが……。

もう力が残っていなかった。

あたりはいちめんの霧だ。
その霧の中から、なつかしい声が聞こえてきた。

潮来出島の　真菰《まこも》の中に
あやめ咲くとは　しおらしや
ションガイー……

甚句を唄っているのは、おとうと伯父《おじ》だ。
自慢ののどを響かせている。

私ゃ潮来の　あやめの花よ
咲いて気をもむ　主《ぬし》の胸
ションガイー……

おかあの声も聞こえた。
一緒に甚句を唄っている。

「おとう！」

益吉は呼びかけた。

「おかあ！」

霧に向かって叫ぶ。

「おいらだよ。益吉だよ」

益吉は懸命に言った。

「おかあの蕎麦水団汁が呑みたくて、江戸から帰ってきたんだ。長吉屋で修業を積んだから、もうひとかどの料理人だぜ」

答えはなかった。

甚句が響く。

花を一本《ひともと》　忘れてきたが
あとで咲くやら　開くやら
ションガイ——……

一度近づいた舟が離れているのか、唄声は少しずつ小さくなっていった。

「おとう……おかあ……」

益吉はなおも呼びかけた。

舟も、霧も流れていく。

ずいぶんあたりが暗くなってきた。

もう声は聞こえない。

やがて、霧が晴れ、人影が見えた。

おとうでもおかあでもなかった。

それは、目のない老婆だった。

その姿を見たとき、益吉は「ああ」と思った。

おのれがこれからどこへ行くのか、知ってしまったような気がした。

「ここは……」

老婆はしゃがれた声で言った。

「三途《さんず》の川じゃ」

その声に応えるかのように。向こうから舟が近づいてきた。

どうやらそれに乗り換えなければならないらしい。

「ちゃんとつとめれば、帰れるでの」

老婆の声がいくぶん穏やかになった。

心なしか、母に似ていた。

「ふるさとへ……潮来へ、帰れるんですか?」

益吉は問うた。

三途の川のほとりに立つ老婆は、ゆっくりとうなずいた。

「つとめを果たせば、帰れるでの。水になって、風になって、帰れるでの」

老婆はやさしく言った。

「水になって、風になって……」

益吉は繰り返した。

この身が帰るわけにはいかないのか。

そう問おうとしたとき、のどが急に苦しくなった。背も痛む。

「もうつらくはないでの」

母を思わせる声音で、老婆は言った。

益吉はうなずいた。

遠くで、ごくかすかに、甚句が聞こえた。

花を一本　忘れてきたが
あとで咲くやら　開くやら
ションガイ――……

同じ文句を繰り返す。

いつか、花は咲く。

なつかしいふるさとで、咲く。

その花びらを風がふるふると揺する。

「風になって、帰ればいいでの」

心の内を見透かしたように、老婆は言った。

「はい……」

のどの奥から絞り出すように、益吉は短く答えた。

そして、待っている渡し舟のほうへ歩み寄っていった。

みな真っ赤な目をしていた。

ことに千吉は、泣きはらした目が痛々しいほどだった。

「かわいそうなことをしちまった」

長吉が肩を落として言った。

二

益吉が亡くなったのは明け方のようだった。最後の峠を越えることができなかった。

潮来から江戸へ修業に来た料理人は、志半ばにして斃《たお》れてしまった。

初めに気づいたのは千吉だった。

信吉とともに兄弟子にすがりつき、どうにかして息を吹き返してほしいとしきりに揺さぶったのだが、益吉は二度と目を覚まさなかった。つらいことだった。

悲報は横山町ののどか屋にももたらされた。時吉は見世をおちよに任せ、急いで浅草へやってきた。

泣くばかりの千吉をなだめ、長吉とともに段取りを整えた。僧侶を呼んでお経をあげてもらい、通夜ぶるまいも終わった。あたりはもう暗い。

「おう。みんな、明日から見世開けだ。益吉の弔《とむら》い合戦《がっせん》だと思って励め」

半ばはおのれを奮い立たせるように、長吉は長屋に詰めた料理人たちに言った。

長吉屋の常連客たちは、新年の見世開けを心待ちにしている。見世ごと喪《も》に服すわけにはいかない。

「へい」

「益吉の分まで」

弟子たちはそう答えたが、さすがに声は弱々しかった。

「せっかく呉汁をつくってやろうと思ったのによう」

長吉が何とも言えない顔つきで言った。

前の晩から水に浸けておいた大豆はすっかりやわらかくなった。それを使って、通夜《つや》ぶるまいにした。

大豆飯だ。

だしと醬油と塩だけの味つけで、刻んだ油揚げを加える。それだけの素朴な味が心にしみた。

「おら、大豆飯を食うたびに、益吉兄さんを思い出しちまうべ」

信吉がそう言って、また目元をぬぐった。

「わたしも」

千吉も短く和す。

なきがらの顔には白い布が掛けられていた。長屋には重苦しい気が漂っている。

「で、明日の段取りは？」

時吉が長吉に訊いた。

「まず、こいつを荼毘《だび》に付さにゃならねえ。棺桶担ぎはもう頼んである。ただ……」

長吉はそこで言いよどんだ。

「ただ？」

時吉は控えめに先をうながした。

「骨壺《こつつぼ》を郷里の潮来へ届けなきゃならねえ。死なせちまって、すまねえことをしたと、親御さんにわびなきゃならねえ。だがよ……」

長吉は座り直して続けた。

「おれもだいぶ歳が寄ってきた。そう長くはねえ」

古参の料理人は苦笑いを浮かべた。

「ご隠居さんよりずっと若いよ」

千吉が言った。

大好きだった兄弟子の死がよほどこたえたのか、ずっと泣きどおしだったが、ようやく涙の谷を渡ってしゃべれるようになった。

「あの人は化け物だからよ」

長吉が答えた。

「それに、料理人ってのは包丁で殺生《せっしょう》を重ねてるから、その分寿命が短え。そのうちお迎えが来てもおかしかねえさ。で、昔なら、潮来まではるばる行って土下座《どげざ》をしてきただろうが、足も弱っちまってよう、そこまではちょいとつれえ。そこで……こりゃあ、ちょいと言いだしにくいんだが……」

長吉は時吉の顔を見た。

師匠が言おうとしていることは手に取るように分かった。時吉もそれは思案のうちに入っていた。そのあたりは以心伝心だ。

「代わりに、わたしが潮来へ参りましょう」

時吉が先んじて言うと、長吉の顔にさざ波めいたものが走った。

「そうかい。行ってくれるのかい」

「はい。親御さんのもとへ、必ず届けて参ります」

時吉はきっぱりと言った。

「ありがてえ」

長吉は両手を合わせた。

「おれが行かなきゃならねえのは重々《じゅうじゅう》分かってるんだが、ほかの弟子に料理の技を教えるのもつとめだ。お客さんにうめえもんも出さなきゃならねえ」

顔に苦渋《くじゅう》の色を浮かべて、長吉は言った。

「分かっております。名代《みょうだい》をつとめてきますので」

時吉がそう言ったとき、横合いから手が挙がった。

「わたしも行く」

千吉が言った。

「兄さんが帰れなかった潮来へ、骨壺を抱いて帰る」

決然とした顔つきで、千吉は言った。

「なら、おめえも名代だ」

長吉の表情がほんの少しだけやわらいだ。

「分かった。一緒に行こう」

時吉がせがれに言った。

千吉は唇をかんでうなずいた。

「おらも行きたいべ」

信吉も涙目で言った。

「たくさんで行っても仕方がねえ」

「でも、師匠、おらも何か力になることをしてえ」

信吉はなおも訴えた。

「だったら、おめえはまだひよっこだが、のどか屋のちよの手伝いならできるだろう。時吉が留守にするあいだ、そっちでつとめてくれ」

長吉はそう言った。

「おらが、のどか屋さんの厨に？」

信吉はわが胸を指さした。

「藪入りには帰れねえが、いずれまた帰してやる。娘のちよは包丁さばきだけなら男まさりだ。のどか屋の厨で修業してきな」

「へい……そうします」

房州から来た若者はうなずいた。

かくして、段取りが整った。

三

「そうかい、おめえも行くのかい」

屋台のあるじの留蔵が言った。

「うん」

千吉がうなずく。

「ついこないだは、そこに座ってたのによう」

留蔵は長床几を指さした。

いま座っているのは、千吉と信吉だけだ。

いちばん年かさだった益吉は茶毘に付され、骨壺に収まっている。儚《はかな》いものだ。

「いつまでも泣いてても仕方ねえべ」

信吉がそう言って、蕎麦を啜った。

「兄さんが食べたいって言ってた呉汁の水団汁を……」

千吉はそこでまた言葉に詰まった。

「代わりに食ってきてやんな」

留蔵は情のこもった声で言った。

そこで提灯の灯りが近づいてきた。

「あっ、師匠」

千吉が声をあげた。

屋台に姿を見せたのは、長吉だった。

「益吉の親御さんにあてた文《ふみ》を、やっと書き上げたとこだ。書いては破り、書き損じてはやり直し、ええ時がかかっちまった」

苦笑いを浮かべると、長吉は留蔵に向かって言った。

「おう、酒をくんな」

「へい」

屋台のあるじは短く答えた。

「肴はのどか屋仕込みのそいつで」

長吉は煮豆腐を指さした。

「承知で」

留蔵はわずかに笑みを浮かべた。

「で、おらはいつから？」

信吉がおのれの胸を指さした。

「明日、千吉と一緒にのどか屋へ行くことにしよう。おめえはそのまま向こうでやれ」

「へい」

信吉がうなずく。

「向こうは一枚板の客が相手だ。いつまでも田舎臭え『おら』じゃ、江戸の客に笑われるぞ。せめて『おいら』にしな」

長吉はそう説教した。

「へい、千吉は『わたし』って言ってるし」

と、信吉。

「表の顔をつくるのも、客相手の料理人のつとめのうちだ。そのあたりもちよに教わってきな」

「そうします」

信吉は殊勝に答えた。

酒が来た。

煮豆腐を肴に、苦《にが》そうに呑む。

「そこに座ってたんでさ。かわいそうに……」

留蔵が長吉のほうを控えめに指さした。

「おれが代わってやりてえくらいだ」

長吉はそう言って嘆いた。

「せっかくの里帰りが、骨になっちまってよう。親御さんがどれほど嘆くかと思ったらよう……」

古参の料理人の目尻から涙がしたたる。

それはしばらく止まることがなかった。

四

翌日の二幕目、長吉は千吉と信吉をつれてのどか屋に姿を現した。

一枚板の席には隠居と元締め。それに、あんみつ隠密と万年同心が陣取っていた。

「おう、留守中の助っ人の信吉だ」

おちよに向かって、長吉が言った。

「よろしゅうに」

信吉がだいぶ硬い表情で頭を下げた。

「こちらこそ。まだお若いのね。おいくつ?」

おちよは笑顔で問うた。

悲しいことがあったあとだから、みなの気が沈まないように、無理にでも笑みを浮かべるようにしている。

「十五です」

信吉は答えた。

「郷里《くに》はどこだい」

隠居が問う。

「房州の館山で」

「なら、鰯のなめろうや、さんが焼きが名物だな?」

時吉が厨から言った。

「へい、それなら得意で」

信吉はやっと白い歯を見せた。

「こいつはまだ下っ端だが、存外に筋はいい。お客さんのみなで鍛えてやってくだせえ」

だいぶ疲れの見える顔で、長吉が言った。

「なら、おれが味の鍛えになるような料理をつくらせてやるよ」

あんみつ隠密がしれっとした顔で言った。

「旦那に鍛えられたら、えれえことになるからな」

万年同心がそう言って、さりげなく上役が食しているものを指さした。

一枚板の席の客が食しているのは、ほっこりと煮えた風呂吹き大根だ。その上に、じっくりと練り合わせた甘味噌がたっぷりのっている。

ただし、甘いものに目がない黒四組のかしらは、甘味噌だけをちくわに塗り、すり胡麻をかけてうまそうに食していた。大根は苦くて得手《えて》ではないらしい。

長吉と二人の弟子は、空いていた小上がりの座敷に座った。長吉はそこでも、益吉の両親に相済まないと肩を落としていた。

益吉の骨壺は白木の箱に入れ、ていねいに布で包んだ。それも座敷に置かれている。

「潮来のほうで、何か御用はありましょうか」

次の料理をつくりながら、いくらか声を落として時吉がたずねた。

「いや、そう毎度、何かに巻きこまれたらおかしいや」

あんみつ隠密はそう言って、甘味噌のたっぷり塗ったちくわを口に運んだ。

「ただ、潮来ってのは船運が盛んだから、船乗りを相手にする怪しげな料理屋はわりかたある。そのあたりの縄張り争いなんかもあるみてえだが、べつにおれらが出張《でば》っていくようなことじゃねえ」

「よほど大きな荷抜けとかじゃないと、黒四組の出番はないんで」

万年同心が言った。

「とすれば、骨壺を届けることだけがこのたびのつとめだね」

元締めが言う。

「気の重い役目ですまねえな」

座敷から長吉が言った。

「なんの」

時吉は短く答えた。

ほどなく、おちよが座敷へ次の肴を運んでいった。

蛸《たこ》の酒ゆすぎだ。

土鍋で酒を煮立て、蕪《かぶ》をゆでる。ただし、主となる食材は蛸だ。薄切りにした蛸の身を煮立て酒でゆすぐようにする。やわらかくなったところを引き上げ、塩と山葵《わさび》でいただく。

　酒を使った酒の肴という、なかなかに凝ったひと品だ。ちなみに、しゃぶしゃぶは和物の料理だが、存外に歴史は新しく、江戸の世にその名はなかった。

「ああ……」

　信吉が息をついた。

「何です、兄さん」

　千吉が問う。

「益吉兄さんは、こういう料理を出す見世をやりたかったんだろうと思ったら、また泣けてきたべ」

　信吉は袖を目にやった。

　千吉はすぐ答えなかった。

　いちばん下の弟弟子も言葉に詰まってしまったからだ。

「おめえらも、気張ってやれ」

　のどの奥から絞り出すように、長吉は言った。

「時吉もむかしは大和梨川《やまとなしがわ》の田舎侍で、こんな小粋な料理は逆立ちしたってつくれなかったんだ。それが、書《ふみ》を読んだり、ほうぼうを舌だめしで回ったり、お客さんから教わったり、日々精進《しょうじん》しているうちにだんだんに腕が上がってきたんだからな」

「はい」

涙をふいて、千吉と信吉がうなずいた。

「……励みな」

長吉は何かを思い切るように言った。

五

出立の日が来た。

信吉はすでに厨に入っていた。まだ十五だから心もとないが、豆腐飯などはつくれるし、魚の焼き物はこなせる。刺身などはおちよが得手だから、まあ大丈夫だろう。

「のどか屋にはうるせえ客はいねえからよ」

岩本町の名物男が言う。

「甘みが足りねえとか、馬鹿みてえな文句しか出ねえから」

野菜の棒手振りの富八が和した。

「いまごろくしゃみしてるよ、あんみつの旦那」

一枚板の席で隠居が笑った。

のどか屋は二幕目に入っていた。きりのいいところで駕籠を呼び、まず深川《ふかがわ》へ向かって舟に乗り換え、今日は行徳《ぎょうとく》で泊まることになっている。

「へい、お待ち」

信吉が言った。

座敷には煮奴《にゃっこ》鍋《なべ》が出た。寒い時分には、これを出しておけば間違いのない料理だ。

「うん、葱がうめえ」

寅次が先んじて言った。

「おいらのせりふを取らねえでくだせえよ」

富八があいまいな顔つきでそう言ったから、のどか屋に笑いがわいた。

ほどなく、客が続けて入ってきた。

一人は医者の青葉清斎、いま一人は儒学者の春田東明だった。

ともに一枚板の席に腰を下ろす。

「わたしからも、くれぐれも益吉さんの親御さんによしなに、と」

清斎が言った。

「清斎先生にはご無理を言って診ていただきまして」

時吉が頭を下げた。

「いえ。命を救うことができませんでしたから」

薬の調達かたがたこちらのほうへやってきたという医者は、やや力なく答えた。

「大変なお仕事ですね、お医者様というのは」

春田東明がそう言って酒を注いだ。

「まあしかし、患者さんが元気になられて礼を言われたら、疲れも吹き飛びます」

気を取り直すように医者は言った。

「わたくしも、教え子が立派になってたずねてきたときには、このつとめをしていてよかったと心の底から思いますね」

寺子屋の師匠がしみじみと言った。

「その立派になった教え子が、これから大事なつとめに出るんだからな」

寅次が千吉のほうを示した。

「うん。ちゃんとお礼を言ってこないと」

千吉は神妙な面持ちで言った。

「お世話になったんだからね、益吉兄さんには」

と、おちよ。

千吉は黙ってうなずいた。

ほどなく、猫たちが何がなしにそわそわしはじめた。ゆきとしょう、それに、ちのと小太郎もわさわさと動きだす。

無理もない。信吉が厨で干物を焼きだしたのだ。

「なかなかいい手つきじゃないか」

隠居が笑みを浮かべた。

「長吉屋で、おら……じゃなくて、わたしは修業をしてましたんで」

まだ硬い調子で、信吉は答えた。

「これなら留守中も大丈夫だな。頼むぞ」

時吉が笑みを浮かべた。

「へい」

干物を炭火からほどよく遠ざけながら、信吉が答えた。

「ちよも頼むぞ」

女房に向かって言う。

「あいよ。慣れてるから」

おちよは笑って答えた。

「京へ長く行ったこともあるからね、時さんは」

隠居が言う。

「ええ、あれに比べれば短い旅なので」

時吉は答えた。

わけあって京にのれんを出した「もう一軒ののどか屋」は、相変わらず繁盛しているようだ。あるじの京造《きょうぞう》から先だって届いた文によると、江戸で料理の修業を志す若者なども周りにいるらしい。修業なら喜んで受け入れると返事をしておいたから、そのうち何か動きがあるかもしれない。

干物が焼き上がり、たっぷりの大根おろしを添えて客に供された。

「これ、駄目よ」

千吉が猫をたしなめる。

「いい焼き加減だね」

さっそく賞味した隠居が言った。

「ありがたく存じます」

十五の料理人が頭を下げた。

「長さんの教えどおり、皿も下から出てるしね」

季川は身ぶりをまじえた。

「長吉さんはいかがです？　気落ちをされていませんか？」

清斎が案じ顔で時吉とおちよに問うた。

「だいぶ気を落として、『おれはそろそろ隠居だ。もう弟子を取るのはやめにしようかと思う』とか気の弱いことを言ってます」

おちよが浮かぬ顔で答えた。

「無理もないですね。若いお弟子さんに先立たれるのはこたえるでしょう」

清斎はそう言ってうなずいた。

「でも、長吉さんが隠居したら、見世はどうするんで？」

富八が問うた。

「脇板が継ぐのかい？」

寅次も身を乗り出す。

「いや、まだそこまでは」

時吉があわてて手を振った。

「おとっつぁんなら、おまえさんに継げと言いだすかも。このたびもそうだけど、ほんとに信を置いてるから」

父の性分も思案して、おちよは言った。

「なら、ここは？」

寅次がやにわに指を下に向けた。

何を勘違いしたのか、近くにいた小太郎がぴょんと座敷から飛び下りる。

「そりゃあ、跡取りさんがやるんだよ」

隠居が笑って言った。

「十五の兄弟子さんがいまこうやって厨に立っているのだから、千吉さんにもすぐつとまりそうですね」

春田東明が穏やかな表情で言った。

「うう……気張ってやります」

千吉は少し言葉に詰まってから答えた。

六

ややあって、おけいとおそめが客をつれて帰ってきた。その案内が一段落したところで、いよいよ出立の運びになった。

仲のいい大松屋の升造も見送りに来てくれた。

「気をつけてね、千ちゃん」

升造が笑みを浮かべる。

「うん。おみやげ買ってくるよ」

千吉も笑みを返した。

樽の上では、二代目のどかがお見送りだ。

「元気でね」

千吉があごの下をなでる。

わかったにゃ、とばかりに、猫はその手をぺろりとなめた。

駕籠は時吉が呼んできた。

いくたびも来ているから、すっかり顔なじみだ。先棒と後棒が調子を合わせ、のどか屋の前に止まる。

駕籠は二挺だった。

むかしなら千吉をひざの上に乗せることもできたが、もうとても無理だ。

「なら、深川の船着き場まで」

「さーっとやりますんで」

駕籠屋が調子よく言う。

「最後に、もう一回お参りを」

千吉があるところを指さした。

のどか地蔵だ。

安産や失せ物探しなどにも御利益《ごりやく》があるという話がいつのまにか広まって、遠くから足を運んでくれる人も多くなった。なかにはそのままのどか屋ののれんをくぐってくれる客もいるから、まさに初代のどかは福猫だ。

「いいぞ。旅の無事を祈ってくれ」

時吉が言う。

「うん」

千吉はいい声で答えて地蔵に向かった。

これから兄弟子の故郷へ向かう千吉の祈りは長かった。

「なら、気をつけて」

おちよが言った。

「骨箱は持とうか?」

時吉が手を差し出した。

「ううん、わたしが届ける。落としたりしないから」

千吉はそう言い張った。

時吉はうなずいた。ここは譲るところだ。

「では、気をつけてね」

「帰りを待っていますよ」

みなが見送りに出てくれた。

清斎と春田東明も声をかける。

「行ってきます」

千吉は気の入った声を発した。

そして、兄さんの骨箱をしっかりと抱いて、駕籠に乗りこんだ。

第七章　里帰り（蕎麦二色膳《ふたいろ》）

一

行徳の宿に着いたが、千吉の表情はさえなかった。

無理もない。これまでも父とともに流山や野田《のだ》などへ旅に出たことがあるが、そのときとはまるで趣《おもむき》が違った。

これから益吉兄さんの遺骨を潮来へ届けなければならない。兄さんが亡くなったことを知ったら、親きょうだいはどんなに嘆き悲しむだろう。

そう思うと、おのずと顔は曇りがちになった。

「明日からは歩きだ。食べておかないと力が出ないぞ」

時吉は言った。

「うん。分かってる」

そう言いながらも、千吉の箸の動きは鈍かった。

浜でとれた浅蜊《あさり》の味噌汁に、銚子から運ばれてきた鰤の焼き物。それに茶飯と小鉢がついた筋のいい夕餉《ゆうげ》の膳だったが、千吉は珍しく少し残した。

千吉は心映えのいい子だ。

もしここに兄さんがいて、元気だったら、この膳をどんなにおいしく食べただろう……。

そう思うと、胸がいっぱいになってしまうのだった。

「もういいのか？」

時吉は訊いた。

「うん……胃の腑がいっぱいで」

千吉は帯に手をやった。

「なら、おとうが食ってやろう」

時吉は手を伸ばした。

翌日からは木下《きおろし》まで休み休み歩いた。

行徳からはおおよそ九里(約三十六キロ)ある。千吉の左足は生まれつき曲がっていたのだが、千住《せんじゅ》の名倉《なぐら》の骨接《ほねつ》ぎを継いだ若先生の療治が功を奏し、普通に歩けるようになった。人より遅いが、走ることもできる。

ただし、健脚というわけではない。日に三里くらいずつ、時吉は息子を無理のないくらいに歩かせることにした。

途中の鎌ケ谷《かまがや》では、大仏《だいぶつ》にお参りしてから泊まった。木下から行徳へ至る道は鮮魚街道とも呼ばれる。銚子から運ばれてきた魚を活きのいいうちに届けるべく、屈強な荷車引きが威勢のいい掛け声を発しながら進んでいく。

その恵みの魚がふんだんに夕餉に出た。

「もっと食っとけ」

今日も箸が進まない千吉に向かって、時吉は言った。

「うん……」

千吉はまた骨箱のほうを見た。

「死んだ兄さんが食えないのに申し訳がないという心持ちは分かる。だがな……」

時吉はそこで表情をいくらかやわらげた。

「志《こころざし》半ばに斃《たお》れてしまった者の思いを継げるのは、いまこうして生きている者たちだけだ。兄さんの分まで、おまえは立派な料理人にならなきゃな」

「うん」

千吉は顔を上げてからうなずいた。

「まずその前に、兄さんをちゃんと里帰りさせてやらないと」

「里帰り……」

千吉はあいまいな面持ちになった。

「そうだ。たとえ遺骨になったとしても、益吉にとってみれば生まれ育ったなつかしい故郷だ。そこで菩提《ぼだい》を弔われれば、風になり、水になり、光になってまた生きることができる」

もう帰るつもりはない大和梨川の景色をふと思い出しながら、時吉は告げた。

千吉はまた小さくうなずき、骨箱のほうを見た。

「もうすぐだよ、兄さん」

まるでそこに益吉が座っているかのように、千吉は声をかけた。

二

木下の河岸《かし》からは茶船《ちゃぶね》が出る。

水郷のほうへ向かう遊覧乗合船で、小は八人、大でも十二人までの小型の船だ。

江戸から物見遊山に来た者は、この船に乗りこむ。時吉と千吉も番を待って、木下茶船の客となった。

「相済みません。ご合席をお願いいたします」

河岸の差配が腰を低くして言った。

一緒に乗りこんできたのは、講を組んで三社詣《さんじゃもう》でに来た者たちだった。見たところ、商家の隠居衆のようだ。

三社とは、鹿島《かしま》、香取《かとり》、息栖《いきす》のことだ。かの俳聖芭蕉《ばしょう》も『鹿島詣』で同じ道筋をたどっている。

「坊はどこまで？」

客の一人が温顔でたずねた。

「潮来まで」

やや硬い顔つきで千吉が答える。

「水郷の見物かい？」

べつの好々爺がたずねた。

「いえ……」

千吉はにわかに言いよどんだ。

それを見た時吉が助け舟を出し、手短にいきさつを告げた。

「そうかい。兄弟子の遺骨を届けに行くのかい」

「つらい役目だね」

乗り合わせた客たちが気の毒そうに言う。

「だれかがやらないと」

千吉は半ばおのれに言い聞かせるように答えた。

「ふるさとへ帰してあげないとな」

時吉が言う。

「そりゃあ、喜ぶよ、兄弟子さんも」

「どこの料理屋だい？」

客の一人がたずねた。

「浅草の福井町の長吉屋です」

千吉はよどみなく答えた。

「ああ、長吉屋さんなら祝い事で使ったことがあるよ。筋のいい料理を出す名店じゃないか」

「わたしも名前くらいは知っているよ」

「そうかい。潮来から江戸の名店へ修業に来てたのかい」

乗り合わせた客は口々に言った。

それやこれやで、船が進むにつれて互いに打ち解けるようになった。長吉屋ばかりでなく、のどか屋の名を知っている者もいた。

「朝の豆腐飯がおいしいです。ぜひお泊まりに」

跡取り息子が如才《じょさい》なく言ったから、茶船に和気が満ちた。

ただし、やわらいだ気はほどなくまた陰《かげ》った。

「それにしても、親御さんの心持ちを考えるとたまらないねえ」

客の一人があいまいな顔つきで言ったからだ。

「伊勢屋《いせや》さんも跡取りを亡くされてますからね」

そのつれが言う。

「ほんとに、逆縁《ぎゃくえん》ほどつらいものはなかったねえ」

伊勢屋と呼ばれた隠居は、渋い笑みを浮かべた。

時が経ち、やっと浮かべることができるようになった笑みだ。

「頼みの跡取りさんだったから」

「つらいことだよ」

講の仲間とおぼしい者たちが言った。

「まあ、いまはこうして……」

伊勢屋は根付けをちらりと見せた。

「せがれの形見《かたみ》を大事につけて、ほうぼうを旅してるんですよ。あいつが見られなかった景色を見せてやろうと思ってね」

「さようですか」

時吉がしみじみとうなずいた。

「わたしは死んだ女房だよ」

べつの隠居がふところから大きな巾着《きんちゃく》を取り出した。

「そこに形見が入ってるんですか？」

千吉がたずねた。

「そうだよ。小さな手鏡が入っている。それに景色を映してやったら、あの世からも見えるかもしれないと思ってね」

隠居はそう言うと、朱色の柄《え》が鮮やかな小ぶりの手鏡を取り出し、利根川《とねがわ》の景色を映しだした。

「きっと見えてるさ」

「何よりの供養だね」

仲間が言う。

千吉もしんみりとうなずいた。

「兄弟子さんの形見の品はあるのかい？」

伊勢屋が問うた。

「包丁と遺髪を嚢《ふくろ》に入れてきました」

時吉がかたわらに置いたものを手で示す。

「そうかい。まずはそれを親御さんに滞《とどこお》りなく届けることだね」

隠居がうなずく。

「きっと届けます」

千吉が引き締まった顔つきで言った。

三

時吉と千吉は佐原《さわら》で茶船を下りた。ここからは小舟で潮来へ向かう。

かつての利根川は潮来のすぐ近くを流れていた。その恵みで水運が栄え、東北諸藩からの米の搬送などでにぎわったのだが、その全盛期は江戸の中ごろまでだった。元文《げんぶん》年間（一七三六〜一七四一年）に利根川の大洪水が起き、川の流れがぐっと佐原のほうへ曲がってしまったのだ。おかげで佐原は「江戸勝《まさ》り」と呼ばれるほどの栄華を誇るようになったが、逆に潮来は昔日《せきじつ》の面影がなくなってしまった。

加えて、元禄《げんろく》期以降、廻米を銚子《ちょうし》から海路で江戸へ運ぶ方法が確立するようになり、さらに中継地としての重みが薄れてしまった。

そんな逆風のなか、救い主となったのが水郷遊覧の流行だった。時吉と千吉も乗ってきた茶船は、潮来に再び富をもたらすようになった。

「潮来のどこへやるべえか」

人の好さそうな船頭が問うた。

「新久《あらく》という集落で、丑松《うしまつ》さんという人をたずねてまいります」

時吉はていねいに告げた。

「常称寺《じょうしょうじ》の近くだべ」

船頭がうなずく。

「そこまでは分かりませんが、新久の丑松さんという人をたずねてくれと言いつかってきたので」

時吉は答えた。

「なら、近くまで行って訊いてみるべや」

船頭は気安く答えた。

千吉はだいぶ硬い面持ちで、大事そうに骨箱を抱えていた。

「そりゃあ、遺骨だべ？」

船頭が問う。

「はい……世話になった兄さんの骨で」

千吉はいくぶん目を伏せた。

「料理屋で修業をしていたのですが、兄弟子が急な病で亡くなってしまい、これから親御さんのもとへ遺骨を届けるところなんです」

時吉が手短にいきさつを述べた。

「そうかい……そりゃつれえっぺや。坊も大変だな」

船頭は千吉の労をねぎらった。

千吉は何かをこらえるようにうなずいた。

江戸を出るときは風が冷たかったが、その日は晴れて存外にあたたかかった。船着き場では梅日和《うめびより》という声も聞かれたほどだ。

舟は滞りなく進み、新久の渡し場に着いた。

寺の甍《いらか》が遠くに見える。どうやらあれが常称寺らしい。

「あとは土地の人に訊くべや」

船頭は笑みを浮かべた。

「そうします。ありがたく存じました」

時吉はていねいに頭を下げた。

「ありがたく存じました」

千吉も続く。

「ああ、気ィつけてな。帰りも縁があったら」

船頭は竿をぽんとたたいた。

四

ひとまず寺のほうへ向かうことにした。

門の前を竹箒《たけぼうき》で掃いている僧がいた。

時吉は歩み寄ってたずねた。

「江戸から新久の丑松さんをたずねてきたのですが、お心当たりはございませんでしようか」

「江戸から？」

時吉と同じくらいの年恰好の男が驚いたように問うた。

「はい。丑松さんの息子さんが江戸で亡くなってしまったので、そのお骨を届けにまいりました」

時吉は千吉が両手で抱いているものを指さした。

「と言うと、益松《ますまつ》さんが？」

僧の顔の驚きの色が濃くなった。

「ご存知でしたか」

時吉が言う。

「ええ、丑松さんは檀家《だんか》なので。『せがれが江戸へ料理の修業に行っている』と得意そうに言っていたものですが……そうですか、あの益松さんが」

僧はそう言うと、竹箒を門に立てかけてそっと両手を合わせた。

「修業先ではみな『吉』を名乗るので、益吉という名でした」

時吉は告げた。

「とってもやさしい兄さんで……」

千吉はそこで言葉に詰まった。

白い布に包んだ骨箱を持つ手がかすかにふるえる。

「さようですか……」

僧は肩を落とした。

「これからお骨と遺品、それに料理の師匠からの文を届けにまいります。道を教えていただければ助かるのですが」

時吉は言った。

「では、道案内をいたしましょう」

僧はすぐさま答えた。

「そうしていただければ、なお助かります」

時吉は頭を下げた。

千吉もならう。

「お経を上げ、当寺へ埋葬するところまで、拙僧が滞りなくつとめさせていただきます。では、支度をしてまいりますので」

僧はそう言って、再び両手を合わせた。

五

僧の名は真願《しんがん》だった。

田畑で働いている者たちも、墨染めの僧の姿を見かけると、手を止めて礼をした。徳の高い僧として崇《あが》められていることは、そういったしぐさから察しがついた。

「土手を高くしてありますね」

時吉が川の支流のほうを指さして言った。

「水郷は出水が付き物ですので、致し方のないことです」

真願和尚は穏やかな声音《こわね》で答えた。

「水は災いも恵みももたらしますからね」

と、時吉。

「はい。江間《えんま》と呼ばれる水路が縦横《じゅうおう》に張り巡らされておりますから、小舟で行き来することもできます」

僧は行く手を指さした。

ちょうど小舟が通りかかるところだった。船頭が一人、客が二人。三つの影が春光を受けておぼろにかすんでいる。

はあ、と一つ、千吉が息をついた。

「どうした？　気が張ってきたか」

時吉が問う。

「うん。どう言えばいいのかな、と思って」

骨箱を大事に抱えた千吉が言った。

「しゃべるのはおとうがやるから案じるな」

時吉は笑みを浮かべた。

「何か訊かれたら答えればいいからね」

真願和尚も言う。

「はい」

硬い面持ちで、千吉はうなずいた。

ややあって、茅葺《かやぶ》き屋根の家が見えてきた。

「あそこです」

僧が指さした。

軒端《のきば》に大根が何本も干してある。女が一人、井戸水で洗い物をしていた。

「おとらさん」

真願和尚が声をかけた。

名を呼ばれた女が顔を上げる。

「江戸からたずねてきたお客さんを案内してきました。丑松さんはおられますか?」

いくらか離れたところから、僧は告げた。

「へえ、中におるけんども……」

益吉の母は答えた。

ほどなく、一家のあるじとおぼしい男が姿を現した。

この男が丑松らしい。

一歩近づくたびに顔が鮮明になっていく。

初めはいぶかしげだった丑松の表情がにわかにゆらいだ。

その目は、千吉が胸に抱いているものをとらえていた。


「丑松さん……」

真願和尚が何とも言えない声音で切り出した。

千吉は目を伏せた。

益吉兄さんの親御さんの顔を、とても見られなかったからだ。

風が吹き抜けていく。

僧も言いよどんだ。

「江戸の……」

代わりに、時吉が切り出した。

「長吉屋のあるじの名代《みょうだい》で参りました」

それを聞いたとき、丑松の顔にさざ波めいたものが走った。

暗い波だった。

「あんた……」

おとらがかぼそい声で言った。

丑松は額に手をやった。思わず立ちくらみを起こしてしまったらしい。

「あんた……」

女房が重ねて声をかける。

丑松はうなずいた。いくたびも短く、うんうんとうなずいた。

それから、一つ大きな息をつき、瞬《まばた》きをしてから言った。

「せがれが……」

千吉が抱いているものを、潮来の男はふるえる指で示した。

「長吉屋では、わたしのせがれが兄弟子の益吉さんに大変お世話になりました」

時吉が頭を下げた。

「手の傷から毒が入る病に罹《かか》り、八方手を尽くして看病されたのですが、とうとういけなくなってしまったとのことです」

道々、時吉からいきさつを聞いていた僧が伝えた。

「さようですか」

何とも言えない息を含む声で、丑松は答えた。

「益松は、跡取り息子でしたが、どうしても江戸で修業をして料理人になると言って……」

そこで言葉がとぎれた。

弟たちだろうか、三人のわらべが棒を振り回しながらにぎやかに遊んでいる。まだ悲しい知らせを耳にしていないその明るい声が耳に痛かった。

「立ち話も何なので」

真願和尚が家のほうを手で示した。

おとらがはっとしたような顔つきになる。

「お構いもできませんが、どうぞ」

女房が頭を下げた。

「では、お邪魔します」

時吉が言った。

骨箱を抱いた千吉も続く。

故郷を出た若者は、こうして久方ぶりに里帰りをした。

六

「……般若心経《はんにゃしんぎょう》……」

長い余韻を残して、真願和尚のお経が終わった。

僧が読経をしているあいだ、うしろで泣き声が響いていた。

寅松《とらまつ》、吉松《よしまつ》、正松《しょうまつ》。

父から松の一字をもらった三人兄弟は、江戸へ修業に行ったほまれの長兄の死を知って、みなわんわん泣きだした。

つられて千吉も泣いた。いままで涙がかれるほど泣いたけれども、また新たな泉から熱いものがあふれてきた。

「このたびは、ご愁傷様《しゅうしょうさま》でございました。当寺にご埋葬後、また改めて法要をさせていただきますので」

僧はそう告げて一礼した。

「……ありがてえこって」

丑松はそう答えると、はあっとまた太息をついた。

その間を見計らって、時吉は背に負うた嚢《ふくろ》に大事に入れて運んできたものを取り出した。

「これは、益吉さんの遺品の包丁でございます。遺髪もお納めくださいまし」

時吉は布にくるんだものと、小袋に納めたものを手渡した。

「あの子の……遺髪で」

　小袋を手にした母は、何とも言えない面持ちでうなずいた。

「それから、長吉屋のあるじから文を言付《ことづ》かってまいりました」

　時吉は文を取り出した。

「さようですか」

　丑松は言った。

「ただ、目がかすんじまって、とても読めそうにねえべ。こいつは仮名しか読めねえし、読んでやってくれませんか」

　丑松は女房のほうを指さしてから言った。

「承知しました」

　時吉はすぐさま請け合った。

「では、長吉屋のあるじ、わたしの義父にあたる長吉がしたためた文を読ませていただきます」

　時吉は一礼すると、読みやすいようにと仮名を多く使った文をゆっくりと読み上げはじめた。

益松のおやごさま、ごきやうだいさま、しんぞくのみなさま
このたびは、たいせつないのちをまもれず、まことに申しわけありませんでした
益松はわが長吉やにて、益吉と名をあらため、りやうりのしゆぎやうに、よくはげんでをりました
うではだんだんに上がり、やき方からに方になり、兄でしたちのおぼえもめでたく、弟でしたちからも、兄さん、兄さんとしたはれてをりました
その益吉が、二十一のわかさにて世をさらうとは、かへすがへすもつうこんにて、くやしく、かなしくぞんじます
おやごさんのお心をおもふと、涙《なみだ》があふれてとまりません
何もしてやれず、相すまぬことでした
本来なら、わたしがこつばこなどをおとどけすべきところではござゐますが、なにぶんとしにて、足よわく、気おちもして、つとまりません
そこで、ぎりのせがれの時吉、まごの千吉を名代とさせていただきました
益吉は、短い人生でしたが、けんめいに気ばつて生きました
ほめてやつてください
これからは、ずつとふるさとで、とむらひをしてあげてください

さやうなら、益吉
すまなかつた
ゆるしてくれ

あさくさ　長吉

最後のほうは、時吉も文を持つ手がふるえた。

「わびるのは、こっちのほうだべ」

丑松が力なく首を横に振った。

「あいつが気ィつけてたら、こんなことには……」

息子を亡くした父親はそう言って唇をかんだ。

「包丁、見たい」

ややあって、いちばん上の弟の寅松が手を伸ばした。

「ああ」

時吉が布を外す。

柳刃《やなぎば》包丁だ。

「兄さんは、お刺身も上手だった」

千吉が言った。

「おらも、魚はさばけるようになった」

と、寅松。

「いくつ?」

千吉の問いに、益吉の弟は両手の指をすべて広げて見せた。

「おまえの一つ下だな」

時吉が言う。

「こいつらの上の姉は舟に乗って嫁に行ったもんで」

丑松が櫓を漕ぐしぐさをした。

水郷の花嫁は、櫓舟に乗って江間を揺られていく。

「妹さんも聞いたら気を落とされるでしょう」

真願和尚が言った。

「仕方ねえべや」

丑松はそう言っておとらの顔を見た。

「これからは一緒だべ。ずっとずっと、一緒だべ」

一家のあるじの言葉に、弟たちがまた目元に指をやった。

「あ、そうだ」

千吉がふと思いついたように言った。

「何だ？」

時吉が問う。

「益吉兄さんは、呉汁でつくった蕎麦水団汁を呑みたがってたんだ。水団は屋台のお蕎麦をまるめてつくってもらったんだけど」

「呉汁ならあるべ」

おとらがあいまいな笑みを浮かべた。

「呑ませてやれ、益松に」

丑松が言った。

女房がうなずく。

「和尚さんもいかがです？　精進《しょうじん》ものばっかりなので」

丑松が水を向けた。

「では、頂戴します」

墨染めの衣の僧が頭を下げた。

七

蕎麦の水団は時吉と千吉も手伝った。

水団ばかりではない。のし棒もあったから、時吉は蕎麦切りもつくった。

支度が整うまでのあいだ、今後の段取りの話がだんだんにまとまっていった。

潮来から江戸までは遠い。せっかくここまで来たのだから、この機に鹿島神宮まで足を延ばしてお参りし、帰りにまた寄ることにした。今日のところは常称寺に泊まって、うまく舟をつなげば、明日のうちに鹿島に着いて早めに宿も探せる。

「はい、そろそろゆであがります」

千吉の声にやっと張りが戻ってきた。

「おそば？」

吉松が問う。

下から二番目の弟は七つ、いちばん下の正松はまだ三つだ。

「んだよー。おら、手伝ったから」

千吉の一つ下の寅松が言った。

「江戸の料理人さんが打った蕎麦は細いべ。おとうの蕎麦とは違うでの」

空元気《から》を見せるように、一家のあるじが告げる。

ほどなく、支度が整った。

蕎麦つゆまではすぐつくれないため、水団汁をいくらか濃いめにして、蕎麦をつけて食してもらうことにした。あたたかい蕎麦水団と、井戸水できゅっと締めた蕎麦切り、どちらも楽しめる蕎麦の二色《ふたいろ》膳だ。

「おめえがいちばんいいとこへ座りな」

丑松はそう言って、骨箱を座敷に置いた。

その前に、箸と椀が据えられる。

料理をつくっているときはみなからそれなりに出ていた声が止み、また重苦しい気が漂った。

無理もない。江戸へ出ていく前の晩は、そこに益松が座っていた。元気に箸を動かし、笑顔で話をしていた。

里帰りはいくたびかあった。

そのたびに、益吉と名を改めた益松は、長吉屋で習いおぼえた自慢の料理を披露してくれた。みな感心しながら食したものだ。

「これなら、潮来に見世を出しても流行《はや》るべや」

丑松はそう言ったものだ。

「あと五年は修業しないと」

せがれはまんざらでもなさそうな顔で答えた。

その益松がいない。

代わりに、白い布で覆われたものが置かれている。

それを見るにつけ、胸が詰まった。

「さ」

おとらが短く言って、骨箱の前に椀を置いた。

たっぷり水を吸ってやわらかくなった大豆をすりつぶし、だしでのばして味噌を溶き加えた素朴な汁だ。それに蕎麦水団と葱と芋が入っている。

「蕎麦切りのほうは、みなでたぐってくださいまし」

時吉が大きなざるに盛ったものを置いた。

「たくさん食べてね、兄さん」

千吉がそう言って瞬きをする。

「さあ、食うべ。汁が冷めんうちに、食うべや」

みなに向かって、丑松は言った。

「うん」

「食おう」

残った三人兄弟が箸を取った。

三つの子はまだ蕎麦をうまくたぐれないので、母が手伝ってやる。

「うまいか？」

父が問う。

末っ子はこくりとうなずいた。

千吉も箸を動かした。

まずは蕎麦水団を口に運び、汁を啜る。

「ああ……」

千吉は息をついた。

「濃いめにしたけど、どうだかね？」

おとらが問うた。

「豆のやさしい味が……兄さんの味がします」

千吉はしみじみと答えた。

「兄さんの味、か」

と、時吉。

「うん……この味を、忘れないように」

千吉が言った。

「舌と心に刻んでおけ」

父の言葉に、千吉はだまってうなずいた。

「このようにしていただくのもおいしいですね」

蕎麦切りを椀につけてから食した真願和尚が言った。

「蕎麦の香りと、大豆の香り。どちらも楽しめるので」

時吉が笑みを浮かべる。

「のどか屋でも出そうよ」

千吉が言う。

「そうだな。野趣もあっていいかもしれない」

時吉は乗り気で言った。

「のどか屋って言うべ？　兄ちゃんの見世」

寅松がたずねた。

「うん。旅籠も兼ねてるの。遠くからもお客さんが来るんだよ」

千吉は自慢げに答えた。

「おら、行ってみたい」

寅松はすぐさま答えた。

「うん、いつでもおいでよ」

そんな調子で、やっと話が弾《はず》みだした。

そのうち、丑松が酒を取ってきた。時吉にすすめる。

味醂に毛が生えたような按配で、あまり芳《かんば》しい酒ではなかったが、忘れがたい味がした。

「おめえも呑めや」

骨箱の前に据えられた湯呑みに注ぐ。

陰膳《かげぜん》の椀だけが満たされていた。そのさまが何とも言えず胸に迫った。

「ここがおめえの家だべ、益松」

父は言った。

「これからは、ずっと一緒だ。みなを守ってくれ」

丑松はそう言うと、一気に酒を呑み干した。

第八章　水郷から（鮟鱇《あんこう》づくし）

一

「では、帰りにまた寄らせていただきます」

船着き場で、時吉はていねいに頭を下げた。

「気をつけて」

真願和尚が穏やかな表情で言った。

「行ってきまあす」

千吉の顔には笑みが戻っていた。

「今日はいい日和だべ。波もねえ」

船頭が言う。

親子を乗せた櫓舟は江間を進み、利根川のほうへ向かった。

茶船に乗り換え、鹿島を目指す。

途中で何隻もの船とすれ違った。荷船もあれば、同じ茶船もある。利根の恵みは人も物も運んでくれる。

「あっ」

そのうち、千吉が声をあげた。

「おーい、伊勢屋さん」

手を振りながら言う。

行きに乗り合わせた三社詣での隠居衆だ。

「おお、坊。これから鹿島詣でかい？」

伊勢屋の隠居がたずねた。

「うん。兄さんの骨箱を届け終えたから」

千吉が大きな声で答えた。

「こっちは息栖も回って、あとは香取だけだよ」

「気をつけてな」

「いい宿はたくさんあるから」

向こうの船から声がいくつも飛んだ。

船頭が心得て、竿を止める。

「料理のおいしい宿はどこでしょう」

時吉が声を張り上げて問うと、向こうの船じゅうが笑った。

「的屋《まとや》がうまかったよ」

伊勢屋の隠居の声が返ってきた。

「矢を当てる的だ」

隣の隠居が身ぶりをまじえる。

「鮟鱇の料理がうまかった」

「的屋にしなよ」

ありがたい知らせだ。

「承知しました。的屋にします」

時吉が答えた。

「ありがたく存じましたー」

のどか屋の呼び込みで鍛えた調子で、千吉も和す。

向こうの茶船から、またどっと笑いがわいた。

二

的屋の客引きはすぐ見つかった。

法被《はっぴ》の背に的と矢が描かれていたから時吉が声をかけたところ、案の定、的屋の番頭だった。

「江戸から鹿島詣でにおいでてでございますか。それなら、ぜひとも当宿へお泊まりくださいまし」

番頭はしたたるような笑みを浮かべて言った。

「鮟鱇の料理がうまいと聞いたんだが」

時吉は言った。

探りを入れにきたのかと思われないように、おのれが料理人であることは隠すことにしていた。千吉にもそう告げてある。

「はい、さようで。年季を積んだ料理人がさばいておりますので」

案内をしながら、的屋の番頭が言った。

「それは楽しみだね」

「おいしそう」

父と子の声がそろった。

鹿島神宮は境内が広く、お参りに時がかかる。今日のところは宿に泊まり、荷を預かってもらって明日の朝のうちに参拝することにした。

的屋には内湯もあった。

旅の疲れを湯で癒したあとは、いよいよお待ちかねの鮟鱇料理だ。

「お待たせいたしました。鮟鱇のどぶ鍋でございます」

おかみが大ぶりの土鍋を運んできた。

「ほう、どぶ鍋ですか」

時吉が身を乗り出した。

名だけは聞いたことがあるが、食べたことのない料理だ。

「はい。見た目はどぶみたいで、おいしそうに見えないんだけんども……」

地の言葉になると、おかみは土鍋の蓋《ふた》を開けた。

ふわっ、と味噌の香りが漂う。

「うわあ、おいしそう」

千吉の瞳が輝いた。

「もとは漁師料理で、船の上だと水が使えないんで、乾煎《からい》りした肝《きも》に葱などを合わせて、野菜から出る水気だけで料理したんです」

おかみが言う。

「だから、味が濃いんですね」

時吉がうなずいた。

「ええ。乾煎りした肝と味噌に野菜の水気だけだと濃すぎるので、当宿ではお豆腐も入れさせていただいてます。味がしみておいしいですよ」

ご飯をお櫃《ひつ》からよそいながら、おかみが笑顔で言った。

ここで、あるじもほかの料理を運んできた。

「あん肝と供酢《ともず》和えでございます。当宿の鮟鱇づくしの夕餉でお楽しみくださいまし」

あるじは慣れた口調でよどみなく言った。

「これは華やかですね」

時吉が笑みを浮かべる。

「箸が迷うよ」

千吉が身ぶりをまじえて言ったから、的屋の座敷に和気が漂った。

「では、お酒のお代わりがございましたらお声をかけてくださいまし」

「ご飯はお櫃にたんと入ってございますので」

あるじとおかみはそう告げると、すっと立って下がっていった。

時吉と千吉はさっそく賞味しはじめた。

「ほんとだ。濃い」

取り分けた鮟鱇のどぶ鍋を食すなり、千吉が言った。

「豆腐を入れたのはいい思いつきだったな」

時吉も味わいながら言った。

「ご飯が進みそう」

と、千吉。

「どんどん食え。あん肝と供酢和えもあるぞ」

時吉が手で示した。

「うん。じゃあ」

千吉は少し迷ってから供酢和えに箸を伸ばした。

湯引きした皮や卵巣《ぬの》、それに鰭《ひれ》などを酢味噌で味わう料理だ。時吉も味わったが、
ちょうどいい加減で、酒の肴にはもってこいだ。

そんな按配で鮟鱇づくしの夕餉を賞味しているうち、千吉の箸がふと止まった。

「どうした？　もう満腹か？」

時吉が問う。

千吉は首を横に振ってから答えた。

「益吉兄さんが元気で、ここにいたらと思って……」

さきほどまでとは打って変わった表情で、千吉は告げた。

「仕方がない」

時吉はそう言って猪口の酒を呑み干した。

「あとに残った者が、死んだ者の志を継いで、気張ってやるしかないだろう」

父の言葉に、跡取り息子はこくりとうなずいた。

「気張って生きている者の背中から、兄さんはきっといい風を吹かせてくれる。おまえを見守っていてくれるよ」

時吉がそう言うと、千吉はやっと弱々しい笑みを浮かべた。

三

的屋の夫婦の笑顔に送られ、翌朝、時吉と千吉は鹿島神宮へ向かった。

清浄の気が漂う境内を歩く。さすがは神武《じんむ》天皇の御代《みよ》からの由緒を誇る神社だ。ただ歩くだけで身が浄《きよ》められていくかのようだった。

本殿にお参りしたあとは奥社まで歩いて参拝し、地震を封じる要石《かなめいし》や御神木なども観た。

「この御神木は、鹿島神宮でいちばん古い木なのだそうだ」

時吉は丈高《たけたか》い杉の木を指さして言った。

「何年くらい経ってるの？」

千吉が問う。

「千年を超えているらしい。すごいもんだな」

時吉は大木を見上げながら言った。

「またのお越しを」

「お気をつけて」

「千年……」

千吉は絶句した。

「そうだ。千吉の『千』だ」

時吉が言った。

「いくらご隠居さんが達者でも、そこまでは無理だね」

千吉は突拍子もないことを言いだした。

「千年も生きたら化け物だぞ」

時吉が笑う。

「そうだね」

千吉も笑みを返した。

「この杉に比べたら、人の一生なんてあっと言う間だ。気張りすぎないくらいに気張って、悔いのないように生きないとな」

「気張りすぎないくらいに……」

「そうだ。気張りすぎて体をこわしたりしたら元も子もないから」

時吉は言った。

「兄さんは……気張りすぎたんだね」

またそこへ話が戻ってきた。

「そうかもしれない」

時吉はそう答えてから、口調を変えた。

「さ、帰るか。潮来へ向かう船に乗らなきゃならないから」

先をうながす。

「うん」

千吉は短く答えると、千年杉に向かってもう一度頭を下げた。

四

北へ帰る鳥の白い羽が目にしみるかのようだった。

茶船に乗って潮来へ戻るあいだに、日はゆるゆると西へ傾き、鳥影《ちょうえい》はなおのこと鮮やかになった。そのさまを眺めながら、時吉と千吉は船に揺られていた。

幸い、日が暮れる前に潮来に着いた。船頭に礼を言って船を下りると、二人は真願和尚の常称寺に向かった。

ちょうど一人の男が寺を出るところだった。

「おお、これは良いところにお帰りで」

和尚が笑みを浮かべた。

「こちらが、益松の遺骨を運んできてくれた人で？」

寺を訪れていたとおぼしい男が身ぶりをまじえて訊いた。

「はい」

僧がうなずいた。

「のどか屋の時吉と、せがれの千吉です」

時吉が名乗った。

「そりゃあ、遠いところをはるばると」

人の好さそうな男が労をねぎらう。

「こちらは富助《とみすけ》さん。丑松さんのお兄さんで、亡くなった益松さんの伯父に当たります」

常称寺の住職が紹介した。

「富助です。茅葺きや藁ぶきの屋根をつくったり直したりしてるべ」

富助はほまれの指をさりげなくかざして言った。

「聞こえた甚句の名手で」

真願和尚が言った。

「なんの。好きでやってるだけだべ」

そう笑みを浮かべた富助の声には、甚句の名手らしい張りがあった。

「では、立ち話も何なので、また」

和尚は寺の奥を手で示した。

「なら、茶をもう一杯いただいてから帰るべか」

益松の伯父は笑って言った。

五

「えっ、弟が?」

話を聞いた千吉が目をまるくした。

二人が鹿島神宮を詣でているあいだに、思いがけない話が進んでいた。

益松の下の弟の寅松が、「兄ちゃんの志を継いで江戸で料理人の修業をしたい」と言いだしているらしい。

「で、親御さんのほうは?」

時吉がたずねた。

「そりゃあ、益松が死んじまったばかりで、またせがれが江戸で料理人になるって言いだしたもんだから、弟も初めは不承知だった。んだけっとも……」

屋根職人は座り直して続けた。

「寅松も、もともと包丁で魚をさばいたりするのが好きで、兄ちゃんが江戸から帰って見世を開いたら手伝いたいって言うとったべや。んなわけで、だんだんに折れて……」

「いいって言ったの？」

千吉が口をはさんだ。

「んだ」

富助は一つうなずいてから言った。

「おっかさんも寅松の肩を持ったから、弟も許すことにしたらしい。んで」

時吉の顔を見て続ける。

「益松と入れ替わりみてえな按配になるけっとも、江戸の長吉屋さんで修業させてもらえまいかっていうことになったべさ」

「承知しました」

時吉は二つ返事で答えた。

「必ず師匠の長吉のもとへ案内し、江戸で一人前の料理人になるまで、しっかり後見させていただきますので」

のどか屋のあるじはそう請《う》け合《あ》った。

「わたしも、ちゃんと教えるから」

千吉が引き締まった顔つきで言う。

「そりゃ頼もしいべ」

富助が笑みを浮かべた。

「千吉ちゃんにとってみれば、初めての弟子《でし》になるね」

真願和尚が言う。

「うん、一つ下だから」

千吉は指を一本立てた。

「なら、そう言ってくるべ」

富助が腰を上げた。

その後は、段取りの話になった。時吉と千吉は常称寺にしばらく泊まるから、出立の支度が整ったらまた富助がつなぎに来ることになった。

「船の手配の具合があるので、日取りを決めたほうがいいかもしれませんね」

真願和尚が言った。

「そうですね。では、あさってにしましょうか」

時吉が言う。

「んだなー。あんまり待ってて大雨や雪になったら困るべ」

富助は指を上に向けた。

かくして、段取りが整った。

六

その日が来た。

朝早くに富助が常称寺に来て、支度が整ったと告げた。

「船は昼ごろと言ってあります。今日のところは佐原《さわら》まででいいでしょう」

真願和尚が言った。

「なら、向こうで朝飯でも食って、船着き場まで見送りに行くべや」

富助がいい表情で言った。

「では、長々とお世話になりました」

和尚に向かって、時吉は頭を下げた。

「今日は寺の法要もありませんし、これも縁ですから、拙僧も参りましょう」

真願和尚が腰を上げる。

「そりゃありがたいべ」

富助が笑みを浮かべる。

「お経を唱えてくださるの？　和尚さん」

千吉が訊いた。

「そうだよ。旅とこの先の無事を祈るお経をね」

僧は穏やかな声音で答えた。

「ほれ、師匠が来たべ」

丑松が寅松に言った。

「師匠は長吉ですから」

時吉があわてて手を振る。

「そっちは大師匠だべ。道々、心得《こころえ》を教わりな」

父はせがれに言った。

「うん」

寅松がうなずく。

「師匠と兄弟子にあいさつしな」

母のおとらがうながした。

千吉より一つ若いわらべはちょこんと座り直すと、やや硬い顔つきで言った。

「どうぞよしなに……んーと、気張りますんで、よしなに」

寅松は同じ言葉を繰り返した。

おのずと笑いがわく。

「また蕎麦の水団汁をつくったんだけっとも、食っていかれるか？」

丑松が問うた。

「いただきます」

真っ先に千吉が元気よく手を挙げた。

「それはぜひ」

時吉も白い歯を見せる。

「拙僧も頂戴します」

真願和尚も笑みを浮かべた。

「もちろん、おらもな」

富助がおのれの胸を指さした。

そんなわけで、みなで上がって朝餉を食べた。

前にも食した、呉汁を使った蕎麦水団汁。麦と米を半々に炊いた飯。煮豆に青菜のお浸しに干物の焼き物。それに沢庵などの漬け物がついただけの膳だが、どれも素朴な味で心にしみた。

「兄ちゃん、いつ潮来へ帰ってくるべ？」

弟の吉松が問うた。

毎日、一緒に遊んでいたまだ七つの弟だ。寂しがるのは無理もない。

「正月とか、やぶ入りとか、益松兄ちゃんみたいに帰ってくるべや」

寅松は答えた。

「骨になって帰《けえ》ってくるんじゃねえぞ」

伯父が軽口を飛ばす。

丑松とおとらがあいまいな笑みを浮かべた。涙の淵を渡って、やっと浮かべることができるようになった笑みだ。

「兄ちゃん……」

まだ三つの正松が箸を止めた。

何か伝えたいことがあるけれども、なかなか言葉にならない様子だった。

「おみやげ持って、帰ってくるべ」

兄がそう言うと、末の弟はこくりとうなずいた。

朝餉の途中で、焼きおにぎりの香りが漂いはじめた。多めにつくり、昼飯に持たせる肚《はら》づもりのようだ。おとらばかりでなく、丑松も手伝い、刷毛《はけ》で醤油を塗っては香ばしく焼きあげていく。

「できたても食っていいべや？」

富助がたずねた。

「ああ、ちょっとなら」

丑松が答えた。

一人一個ということで、あつあつの焼きおにぎりがふるまわれた。

「おいしい」

千吉の声が弾んだ。

「大豆が入ってるところがいいですね」

時吉もうなる。

「米と麦に豆をまぜるとうまいんよ。胡麻も振って」

おとらが笑顔で答えた。

焼きおにぎりには沢庵も合う。呉汁の蕎麦水団汁も活きる。忘れがたい味だった。

「なら、船に遅れたら大事《おおごと》なので」

真願和尚が腰を上げた。

「みんなで見送りに行くか？」

丑松が弟たちに訊いた。

「うん、行く」

吉松がすぐさま答えた。

「行く」

末の弟もはっきり答えたから、藁葺き屋根の田舎家に笑いがわいた。

七

「忘れ物はないね？」

船着き場で、おとらがたずねた。

「うん。包丁も持った」

寅松がうなずいた。

兄の益松の形見の包丁だ。大事にさらしに巻き、笈に収めてある。

母は御守りも手づくりした。巾着にくくりつけたその赤い御守りの中には、益松の遺髪が入っていた。

白い糸で縫い取りもなされている。

益

と、亡き息子の名が縫いこまれていた。

「つらいことがあったら、その御守りにさわれ。兄ちゃんが助けてくれるからよ」

丑松はしみじみとそう言ったものだ。

船着き場はだいぶもやっていたが、そのなかから、おもむろに舟影が現れた。

「待たせたべ」

船頭が竿を操ってきた。

「すまんのう」

丑松が手を挙げた。

いよいよ別れだ。

時吉と千吉、それに、親元を離れる寅松が小舟に乗りこむ。江間を進み、佐原で茶船に乗り換えるまでの渡しだ。

「気ィつけて行くべ」

丑松が笑みを浮かべた。

「風邪を引かんようにな」

おとらが言う。

「達者で暮らせ」

伯父が情のこもった声をかけた。

「行ってきます」

寅松が引き締まった顔つきで答えた。

「では、頼みます、時吉さん」

真願和尚が言った。

「承知しました」

時吉がうなずく。

「頼むべ、兄弟子」

富助が千吉に言った。

「うんっ」

千吉はひときわ力強く答えた。


ほどなく、舟が動きだした。

「兄ちゃん……」

船着き場から、七つの弟が声をかける。

「達者でな、吉松」

寅松はしっかりした声で言った。

三つの弟は泣いていた。それを母がなだめている。

舟が進むにつれ、船着き場が少しずつもやに煙ってきた。

そのなかから、だしぬけに声が響いてきた。

潮来出島の　真菰《まこも》の中に

あやめ咲くとは　しおらしや
ションガイー……

「潮来甚句」だ。
富助が自慢ののどを披露している。

えー、ションガイー……

合いの手も聞こえてきた。
丑松とおとら、それに真願和尚も声を発している。

私ゃ潮来の　あやめの花よ
咲いて気をもむ　主《ぬし》の胸
ションガイー……

船着き場の人影がかすむ。

もう顔の見分けがつかなくなった。

みな手を振っている。

ふるさとの水郷潮来を離れ、亡き兄の志を継いで江戸へ出ていく寅松との別れを惜しんでいる。

花を一本　忘れてきたが
あとで咲くやら　開くやら
ションガイー……

千吉は瞬きをした。

もやにかすむ船着き場。そこで手を振っている人影が増えているような気がしたのだ。

いつのまにか、増えている。

もう一人、いる。


えー、ションガイー……

「兄さん！」

千吉は声をあげた。

「益吉兄さん！」

その名を呼ぶと、いちばんうしろに立っていた影が大きく手を振ったように見えた。

だが……。

それは一瞬のことだった。

船着き場はもやに閉ざされて見えなくなった。

甚句も止んだ。

北へ帰る水鳥の声だけが響く。

「千吉」

時吉は跡取り息子に声をかけた。

千吉がうるんだ目で見る。

ひと息置くと、時吉は寅松を軽く手で示した。

そして、さとすように息子に言った。

「今度は、おまえが兄さんになるんだ」

第九章　最後の弟子（深川飯）

一

あつあつのうどんの上で削り節が踊っている。

木下で茶船を下りた一行は、行徳まで歩く途中、鎌ヶ谷でひと休みした。

評判のうどん屋では草団子もつく。千吉も寅松も同じ膳を頼んだ。

「んまい」

茶船の中ではまだ硬く、ぼんやりと川の流れをながめていることも多かった寅松だが、やっと笑みも浮かぶようになった。

「名物にうまいものなし、と言うけれど、ここのは違うな」

時吉も笑みを浮かべる。

「江戸にも名物がたくさんあるよ。のどか屋の豆腐飯とか」

千吉が箸を止めて言う。

「食べられるの？」

寅松が訊く。

「もちろん。信吉兄さんも一緒に、休みの日に行けばいいよ」

すでに兄弟子の顔で、千吉は言った。

「朝ならいつでも食べられるし、来てから仕込んでもいい」

時吉が言う。

「なら、食べに行くべ……行きますんで」

寅松は口調を改めると、残りのうどんをうまそうに食べはじめた。

草団子もなかなかに濃い味でうまかった。満足して見世を出ると、三人はまた歩きはじめた。

「信吉兄さんはちゃんとやってるかな」

千吉はのどか屋の厨に入った兄弟子を気遣《きづか》った。

「一枚板の席のご常連さんはみなやさしいから、多少しくじっても大目に見てくれるさ」

時吉が言う。

「厨の前に檜の一枚板があって、厨でつくった料理を『はいっ』てお客さんに出すんだよ」

千吉が身ぶりをまじえて言った。

「長吉屋もそうだべ？」

寅松がたずねる。

「うん。おんなじつくり」

「うちが真似したんだ」

時吉が笑って言った。

「兄ちゃんが言ってた。料理は下から出すんだ、って」

寅松も身ぶりをまじえた。

「それがいちばんの教えだ。そこさえ押さえておけば、料理の腕はだんだんに上がっていくからな」

時吉は寅松に言った。

「はい」

まだ十のわらべは殊勝《しゅしょう》な面持ちでうなずいた。

二

その後は滞りなく旅が進み、行徳から深川へ船で着いた。

長旅で足も疲れていたから、そこからは駕籠を使うことにした。

まず向かったのはのどか屋ではなく、長吉屋だった。首尾がどうなったか、長吉は早く知りたいだろう。それに、寅松を紹介し、弟子入りを認めてもらわなければならない。

長吉は見世にいた。

「おう、すまなかったな」

時吉の顔を見るなり、古参の料理人は言った。

「いま帰りました、師匠」

時吉は頭を下げた。

そのうしろに千吉、さらに、身を縮めるようにして寅松が立っている。

「千吉もすまなかった。……ん、その坊は？」

長吉が気づいて、寅松を指さした。

「亡くなった益吉の弟で、兄さんの跡を継いでぜひとも弟子入りしたいと」

時吉はまず手短に告げた。

「益吉の……」

長吉は驚いた顔つきになった。

「そう言や、顔が似てるな」

厨で刺身をつくっていた脇板の大吉が笑みを浮かべた。

「わたしより一つ下なんだよ」

千吉が告げた。

「そうかい、益吉の弟かい」

長吉は感慨深げな面持ちになった。

「と、寅松です」

真っ赤な顔でわらべが名乗ると、長吉屋に笑いがわいた。

「ここじゃみんな『吉』がつくから『寅吉』だな」

「寅吉は前にもいたような気がするぞ」

一枚板の席の客が言う。

「そりゃ、長く続いているのれんだから」

「寅吉も何代目かになるだろうよ」

もう弟子入りが決まったかのように、客は口々に言った。

「おれはもう弟子は取らねえつもりだったんだがな」

長吉はあいまいな顔つきで言った。

ゆっくりと手を拭いてから続ける。

「益吉を死なせちまったのがこたえて、もう弟子は取るまいと思ったんだが……」

「その益吉の弟が、亡き兄の跡を継いでぜひ修業をしたいと」

時吉がまなざしに力をこめて言った。

「お願いします、師匠」

千吉が頭を下げた。

「お願いします」

まだ背の低い寅松も一礼した。

「……分かったよ」

長吉は小さくうなずいた。

「おめえは、今日から寅吉だ」

年輪を刻んできた顔に、渋い笑みが浮かんだ。

「はい……兄ちゃんの分まで、気張ってやります」

寅吉になったばかりの新弟子は、ぺこりと頭を下げた。

「ありがたく存じます」

時吉も一礼する。

「なんの」

長吉は右手を挙げると、厨を出て寅吉に歩み寄った。

「なるほど、見れば見るほど益吉に似てるな」

長吉は瞬きをしてから言うと、新弟子の頭に手をやった。

「おめえはおれの最後の弟子だ。よろしゅうにな」

長吉屋のあるじは、味のある笑みを浮かべた。

「はい。気張ってやります」

寅吉はいい声で答えた。

三

のどか屋の軒行灯に灯が入った。

二幕目が進み、根を生やしていた隠居と元締めがそろそろ腰を上げる頃合いだ。

「なら、そろそろ上がって」

おちよがおけいとおそめに言った。

「はい、お疲れで」

「また明日」

そろいの衣装の女たちが答える。

「今日はあんまり呑まなかったから、ゆっくり帰るかね」

隠居が腰を上げた。

そのとき、ずいぶん大きくなった二代目のどかがひょいと土間に飛び下りた。

「あら」

おちよがその背を目で追う。

「帰って来たのかしら」

おちよは猫に続いて外へ出た。

さすがの勘ばたらきだった。

「おかあ」

元気に手を振る千吉の姿が見えた。

帰り支度が始まっていたが、仕切り直しになった。

とりあえずのれんをしまって、寅吉になったばかりの寅松を座敷に上げた。

千吉と信吉も続く。

「あなたたち、ご飯は食べた？」

おちよがたずねた。

「うん、師匠のとこで食べてきた」

千吉が答えた。

「豆腐飯、食べに来たんです」

寅吉が言った。

「今日は泊まって、明日の朝に食べて帰ればどうだっていう話をしていたんだ」

時吉が告げた。

「なら、一階の部屋が空いてるから」

おちよが笑みを浮かべる。

「ご隠居さんはいいの？」

千吉が季川の顔を見る。

「はは。あまり呑みすぎないようにしているし、干し柿もいただいたからね」

隠居の白い眉がやんわりと下がった。

「あっ、干し柿」

千吉が声をあげた。

「みんなも食べる？」

おちよが訊いた。

「うん」

「わたしも」

次々に手が挙がった。

「じゃあ、取ってきます」

「手伝うわ」

おそめとおけいがすぐさま動いた。

のどか屋の横手には干し場がある。魚の干物がもっぱらで、猫たちに取られないように竿や踏み台を使って高いところに干す。

その隣には渋柿を干す。生《なま》ではとても食べられない渋柿ほど、干せば生まれ変わったように甘くなる。隠居が言ったように、二日酔いの薬にもなるから重宝《ちょうほう》だ。

むろん、甘い干し柿はわらべも大好物だ。わらべづれの泊まり客に出すと必ず喜んでくれる。

「信吉はどうだった？」

二階へ荷を運んでから、時吉はおちよに小声でたずねた。

「だんだんに慣れてきたから、こっちがびっくりしたほどで」

と、おちよ。

「そうか。それは良かった」

時吉は笑みを浮かべた。

「まだ十五だけど、肚《はら》をくってやったらつとまるものね。千吉だって、もうそのうち見世を任せられるようになるかも」

おちよは真顔で言った。

「さすがにまだ早いだろう」

時吉が首をひねる。

「ううん、あっと言う間よ」

そんなやり取りをしているうちにも、座敷の話は弾んでいた。

潮来のこと、長吉屋の兄弟子のこと、下働きのつとめの段取りのこと。話すことはたんとある。

「なら、仕切り直しで帰るかね」

一枚板の席で茶を呑んでいた隠居がまた腰を上げた。

「途中で暗くなりそうだから、わたしが提灯を持ちましょう」

元締めが言う。

「じゃあ、また明日」

「ゆっくりしていってね」

おけいとおそめが座敷に声をかけた。

「お疲れさまでしたー」

千吉がまず元気な声であいさつした。

四

翌朝――。

いくらか眠そうに三人の長吉屋の弟子が姿を現した。

ゆうべは遅くまでわいわいがやがやと話しこんでいて、時吉に雷を落とされたほどだった。そのせいでいささか寝足りないらしい。

「最後なんで、豆腐飯つくります」

信吉が厨に入った。

「なら、わたしも」

千吉も続く。

「おう、助かるな。けさは浅蜊汁だから手間がかかるので」

時吉が笑みを浮かべた。

「おらは？」

目をこすりながら起きてきた寅吉がおのれの胸を指さした。

「寅ちゃんはお客さんだから」

千吉が言う。

「おらは田舎臭いから、せめておいらにしなよ」

おのれもそう言われていたのに、信吉が兄弟子風を吹かせて言った。

「は、はい」

寅吉は殊勝にうなずいた。

豆腐飯と浅蜊汁の仕込みを、寅吉も興味深そうに見ていた。

「そうやって見るのも修業のうちだから」

おちよが教える。

「はい……おいしそう」

兄の後を継いで江戸に出てきたばかりのわらべが顔をほころばせた。

そうこうしているうちに、泊まり客が朝の膳に起きてきた。

「お、うわさの跡取り息子さんかい？」

駿河《するが》からあきないの用で来た茶問屋のあるじが指さして問うた。

「はい、千吉です」

千吉が元気よく答えた。

「いい返事だね」

「しっかりした跡取りさんで」

お付きの番頭が笑みを浮かべた。

「まだよそで修業中で」

豆腐の煮え具合を見ながら、時吉が言った。

ほどなく、なじみの大工衆もやってきて、のどか屋はにぎやかになった。

「お待たせしました。豆腐飯のお膳でございます」

おちよが笑顔で運ぶ。

「おっ、汁は浅蜊かい」

「おいらの好物じゃねえか」

そろいの半纏《はんてん》の大工衆が言う。

「昼は深川飯にしますので」

「いい浅蜊がたんと入ったんです」

のどか屋の二人の声がそろった。

「かー、なら昼も来なきゃいけねえぜ」

「気張ってやりゃあ来られるさ」

「そうそう。柱を斜めに建てちまってよ」

「家主が泣くぜ」

朝から大工衆は元気だ。

「……うまい」

寅吉が感に堪えたように言った。

「初めはそうやってお豆腐だけすくって食べて、わっとまぜて食べるとおいしいんだよ」

千吉が食べ方を教える。

「それから、薬味を入れたら、また味が変わるから」

信吉も言葉を添えた。

「ほう、そうやって食べるんだね」

「なるほど、おいしいですね、旦那さま」

茶問屋の主従も上機嫌で匙を動かしていた。

「ほんとだ。味が変わったべ」

寅吉が目を瞠《みは》った。

「初めて食ったらびっくりするだろう？」

「坊も料理の修業かい？」

大工の一人がたずねた。

「これから、兄さんたちの下で」

寅吉は信吉と千吉を手で示した。

「師匠の長吉屋で、一緒に修業に励むことになっています」

時吉が告げた。

「そうかい。気張ってやりな」

「千坊も『兄さん』って呼ばれるような歳になったかい」

棟梁格の男の言葉を聞いて、おちよが小さくうなずいた。

まったく同じことを考えていたからだ。

ちゃりん、ちゃりんと浅蜊の殻を椀の蓋に入れる音が響く。ほかの客も起きてきた。

食べ終えた寅吉も厨に入り、見よう見まねで手伝いはじめた。

「こうやって、お膳は下からお出しするんだよ」

千吉が教える。

「はい、兄さん」

初めての弟弟子が素直に答えた。

五

「今日はお早いですね」

おちよが隠居に声をかけた。

「昨日は早く寝たから」

季川が軽く右手を挙げた。

ほどなく、おけいとおそめ、それに元締めも姿を現した。千吉と信吉は、二幕目に入る頃合いで寅吉をつれて長吉屋へ戻る段取りになっている。

昼の膳の顔は、ふんだんに入った浅蜊を使った深川飯だ。これに浅蜊の味噌汁もつく。まさに浅蜊づくしだ。

「ふーん、千切りの生姜を入れるんだね」

鍋をのぞきこんだ寅吉が感心したように言った。

「千切りだけじゃなくて、生姜汁も味の決め手になるから」

千吉が兄弟子の顔で教える。

「深川飯の勘どころはどこでしょう、師匠」

今度は信吉がたずねた。

初めて来たときよりずっと舌が回るようになった。

「浅蜊を煮てから、いったん取り出し、その味のしみた煮汁で米を炊くことだな。浅蜊は最後に戻す。そうすれば、身がぷりぷりしたうまい深川飯になる」

時吉は分かりやすく伝えた。

「なるほど。いったん取り出して戻すわけですか」

信吉がうなずく。

「そうだ。そのひと手間で味が違ってくる」

時吉は言った。

「あと、油揚げもね」

おちよが言葉を添えた。

「炊き込みご飯には欠かせない脇役だね、油揚げは」

一枚板の席に陣取った隠居が言った。

「存分に味を吸ってくれるから」

千吉が大人びた口調で言う。

葱の小口切りを手伝いながら、寅吉がうなずいた。


「はいはい、どいてね」

おちよが土間でわらわらしていた猫たちに言った。

「の」と染め抜かれた明るいのれんが出る。

梅だよりがほうぼうから聞かれる時分で、今日は穏やかな日和だ。

のれんが出るや、早くも客が来てくれた。

「いらっしゃいまし」

「どうぞ空いてるお席へ」

おけいとおそめの声が響く。

客のなかには、朝も来た大工衆もいた。

「おう、また来てやったぜ」

「柱を斜めにおっ立ててやった」

戯《ざ》れ言《ごと》を飛ばしながら座敷に陣取る。

「お先にいただいてるよ」

隠居が向き直って言った。

「いい味だよ、これは」

元締めの信兵衛が笑みを浮かべた。

客は次々に来て、深川飯の膳が運ばれた。

ちゃりん、ちゃりんと涼やかな音が響く。

「朝も昼も食ってたら、浅蜊になっちまうな」

「よせやい、夢に出そうだ」

「にしても、うめえな」

「朝も昼も来て良かったぜ」

大工衆は上機嫌で膳を平らげ、急いで普請場へ戻っていった。

「毎度ありがたく存じます」

その背に向かって、千吉がいい声を響かせた。

六

二幕目に入る前に、三人はのどか屋を出て長吉屋へ戻ることになった。

「またそっちへ食べに行くよ」

隠居が温顔で言う。

「お待ちしています」

千吉がぺこりと頭を下げた。

初めのうちは取って付けたようだった髷がずいぶんさまになってきた。

「あんまり気張りすぎないようにやんなよ」

元締めが寅吉に声をかけた。

「へえ」

まだおぼこい顔つきの弟弟子が笑みを浮かべた。

「じゃあ、またね」

　足に身をこすりつけに来た二代目のどかに向かって、千吉が言った。

　土間では小太郎としょうが猫相撲のようなものを取っている。そのさまを、ちのとゆきが座敷から「何やってるのかしら、この子たち」という顔で見ている。いつもののどか屋の光景だ。

「お地蔵さんにお参りしてから行きな」

　時吉が言った。

「うん、そうする」

　千吉がすぐさま答えた。

　長吉屋の三人の弟子たちは、のどか地蔵にお参りした。

「料理の腕が上がりますように」

　千吉が声に出して願い事を言う。

「……病に罹りませんように」

　寅吉は少し迷ってから言った。

「大丈夫だべ。死んだ兄ちゃんがついてるから」

　信吉が言う。

寅吉は腰にしっかりとくくりつけた赤い御守りにさわった。母がつくってくれた御守りの中には、亡き兄の遺髪が入っている。

「そうよ」

見送りに出たおちよがやさしい声で言った。

「たとえ見えなくっても、寅ちゃんのことを守っててくれてるから」

寅吉はそれを聞いて、何かをこらえながら小さくうなずいた。

「なら、師匠によしなにな」

時吉が千吉に言った。

「うん」

跡取り息子がうなずく。

「最後の弟子なんて言わずに、死ぬまで弟子を育ててって」

おちよも言った。

「そう伝えとくよ」

千吉は白い歯を見せた。

「ああ、いい風だべ……」

寅吉が手のひらを上に向けた。

「風に乗って、来てるかもしれねえべ、益吉兄さん」

信吉がしみじみと言った。

「そうよ」

おちよが言う。

「亡くなったのは、見えなくなっただけ。風になって、流れる水になって、そして光になって、生きている人を守ってくれてる」

寅吉に向かって言うと、いちばん年若の料理人の卵はこくりとうなずいた。

「なら、長屋にも来るべや」

信吉が言う。

「ああ、来てくれるよ、きっと」

と、千吉。

「また、みなで湯屋や屋台に通え」

時吉が言った。

隠居と元締め、それにおけいとおそめも見送りに来た。

「風邪を引かないように」

「達者でね」

みなそれぞれに声をかける。

「みゃあーん」

二代目のどかまでないたから、のどか屋の見世先に笑いがわいた。

「じゃあ、帰ります」

千吉が右手を挙げた。

「行ってらっしゃい」

「気をつけて」

みなに送られて、千吉たちは長吉屋へ帰っていった。

第十章　花は咲く（筍《たけのこ》穂先焼き）

一

長い余韻を残して、真願和尚の「観音経《かんのんきよう》」が終わった。

早いもので、今日は益松の四十九日の法要だ。

丑松とおとら、吉松と正松、それに、富助などの親族が常称寺に足を運んでいた。

「ありがてえお経を読んでもらって、あいつも向こうで喜んでます」

丑松が和尚に告げた。

「早いものですね」

真願がしみじみと言った。

ずっと退屈そうに座っていたわらべたちは、解き放たれてさっそく追いかけっこを始めた。

「ほんに、あっと言う間だべ」

伯父の富助が湯呑みに手を伸ばした。

田舎の法要だから、改まった会食などはない。茶を呑みながら和尚の話をうかがったら、あとは帰るばかりだ。

「いまごろは極楽へ行けてるかねえ、あの子」

おとらが指を上に向けた。

「行けてるさ。なんも悪いことはしてねえべ、益松は」

丑松がそう言って茶を啜る。

「江間や川を流れる水は、同じ水ではありません。さりながら……」

真願和尚は座り直して続けた。

「ひとたび日の光に召された水が、浄土《じょうど》から雨になってこの世に降り注ぎ、また同じところを流れてくることもありましょう」

穏やかな声音だった。

「んだけっとも、分かりますかねえ、あの子が来たって」

おとらが首をかしげた。

「分かるべ」

丑松が言った。

「わが子だからよ、きっと分かるべさ」

跡取り息子を亡くした男は、わが身に言い聞かせるようにうなずいた。

「ひとたび浄土へ行けば、降り注ぐ日の光になり、あるいはあたたかな春の風になって、いずこへなりとも参れましょう」

真願和尚が言った。

いまは二月の末（陰暦）、南のほうからは花だよりもちらほら聞こえる時分で、冬は凍えるようだった風も穏やかになってきた。

「江戸の寅松のとこへも？」

おとらが問う。

「ええ。風になって、背をそっと押してくれますよ」

和尚はそう言って両手を合わせた。

「今度は無事に帰って来るべ」

富助が言った。

「そりゃ、帰ってきてくれねば困るべや」

丑松が言った。

「あの子が気張ってるとこ、まだ足が動くうちに見たいべ」

おとらがそんなことを言いだした。

「江戸へ行くんか？」

丑松が驚いたように問う。

「まだ正松がちっちゃいけっとも、あと二年くらいしたら、みなで茶船に乗って行けるべや」

おとらが乗り気で言った。

「おお、なら、おらも行くべ」

富助がおのれの胸を指さした。

「それなら、のどか屋さんに泊まればいいでしょう」

真願和尚が水を向けた。

「んですなあ。豆腐飯を食ってみてえべ」

丑松はすぐさま答えた。

「なら、二年後に」

と、おとら。

「んだ。行くべ」

富助は両手を打ち合わせた。

滞りなく法要が終わり、家族は家路についた。

「なら、これで」

富助が手を挙げた。

「ああ、ご苦労さんで」

おとらが労をねぎらう。

「二年後まで、達者で暮らさにゃなんねえべ、兄ちゃん」

丑松が笑って言う。

「分かってら」

屋根職人はそう言うと、わが家へ帰っていった。

二人の息子に江戸へ行く話をしたところ、どちらもすぐ乗ってきた。

正松の足がしっかりする五つになったら、みなで茶船に乗り、寅松が修業をしている長吉屋へ料理を食べに行く。そのあとは、世話になったのどか屋に泊まり、名物の豆腐飯を食す。そして、土産をたんと買って帰る。

話はとんとんと決まった。

「あっ、鳥」

吉松が江間のほうを指さした。

ゆるゆると進む櫓舟の向こうに、北へ帰る鳥たちの姿が見えた。

「無事に帰るべ」

おとらが情のこもった声で言った。

「あいつもああやって浄土へ行ったべさ」

丑松はそう言って瞬きをした。

遅く帰る鳥たちはみな白かった。

春の御恩《ごおん》の日ざしを受けて、その羽が目にしみるほど輝いた。

二

益吉の法要は、江戸の浅草でも行われた。

もっとも、さほど大がかりなものではない。長吉の声かけで列席したのは、弟の寅吉と、長屋で一緒に暮らしている信吉と千吉だけだった。

見世が一段落してから出たから、法要が終わるころにはもうだいぶ暗くなっていた。

「あっ、留蔵さんだ」

千吉が声をあげた。


えー、煮豆腐に、二八蕎麦……

酒の屋台でござい……


風に乗って、渋い声が響いてくる。

「おお、呑みたかったところだ」

長吉が言った。

「わたしはおなかがすきました」

千吉が妙にていねいな口調で言う。

「わたしも」

「煮豆腐食べたいです」

ほかの二人の弟子も乗ってきた。

「なら、屋台に寄っていこう」

長吉がいくぶん足を速めた。

先客はいなかった。

「いらっしゃい」

留蔵が笑顔で出迎える。

長吉は酒と煮豆腐。あとの三人は、ひとまず煮豆腐で、胃の腑に入れば蕎麦もたぐることにした。

「今日は益吉の四十九日の法要でな」

長吉はそう言って、ぐい呑みを口にやった。

「もうそんなになりますか」

留蔵が手を止めて言った。

「早えもんだな。いまでもあいつの声が聞こえるぜ」

長吉は耳に手をやった。

「ほんと……聞こえる」

千吉があいまいな顔つきで言う。

「そうやって、心の中で生きてんだ、寂しかねえよな」

長吉は最後の弟子に向かって言った。

こくりと寅吉がうなずいた。

千吉よりさらに若い追い回しだ。料理の修業はまだこれからで、下働きばかりだが、まじめによく励んでいる。

煮豆腐が出た。

花だよりが聞かれる時分になったが、夜の風はまだまだ冷たい。のどか屋仕込みの煮豆腐が五臓六腑《ごぞうろっぷ》にしみわたるかのようだった。

「やっぱり兄弟だねえ」

留蔵が言った。

「似てる？」

寅吉が訊く。

「背丈が伸びて二十歳くらいになったらそっくりだぜ」

屋台のあるじが言った。

「あと十年かあ……」

煮豆腐を少し食べてから、寅吉がため息まじりに言った。

「あっと言う間だ」

長吉が最後の弟子を見た。

「あいつだって、江戸に来たころはわらべに毛が生えたくれえだったんだ」

しみじみと言う。

「立派な料理人だったね、益吉兄さんは」

千吉が箸を止めて言った。

「人より覚えが早くてよ。潮来に益吉屋を開いたら、みなで三社詣でを兼ねて食いに行くからよって言ってたもんさ」

古参の料理人はそう言って瞬きをした。

「おめえさんは寅吉だっけ？」

留蔵がたずねた。

「うん」

寅吉がうなずく。

「なら、いずれ潮来に寅吉屋を出しな」

屋台のあるじは情のこもった声音で言った。

いちばん年若の弟子は、いくらか迷ってから答えた。

「益吉屋にする」

まだ十のわらべはきっぱりと言った。

「兄ちゃんの名でいくべ？」

信吉が問う。

弟弟子は黙ってうなずいた。

「吉を益すから、縁起もいい。それでいきな」

長吉は感慨深げに言った。

「それまで長生きしなきゃいけませんな、師匠」

留蔵がそう言って、味のある笑みを浮かべた。

「そうだな。酒もほどほどにして」

長吉はそう言いながらも、ぐい呑みをまた口に運んだ。

三

翌々日——。

のどか屋は二幕目に入っていた。

「久々にこれを食うとうめえな」

一枚板の席で、あんみつ隠密が笑みを浮かべた。

食しているのは、おなじみのあんみつ煮だ。油揚げを甘く煮ただけの料理だが、甘いものに目がない黒四組のかしらは好んで食べる。客の顔を見てからつくりだしてもすぐできるから重宝だ。

「おれはこっちで」

手下の万年同心が焼き蛤《はまぐり》に箸を伸ばした。

網焼きにして、いくらか醬油をたらしただけだが、磯の香りがして実にうまい。

「おつとめのほうは一段落で？」

時吉がたずねた。

「まあな。『いろはほへと』なんぞ、これからの世の中、いくらかは多めに見てやってもいいんじゃねえかと思いだしてるんだがよ」

安東満三郎が言った。

「いろはほへと」は符牒《ふちょう》のようなもので、「に」抜け、すなわち「荷抜け」だ。

「いいんですかい、かしらがそんなことを言って」

と、万年同心。

「あんまり大がかりなものはどうかと思うがよ。長崎わたりの品なんぞをお目こぼししたら、葡萄酒《ぶどうしゅ》とか呑めるようになる。その分、民の暮らしが豊かになるかもしれねえ」

あんみつ隠密が箸を止めて言う。

「でも、南蛮《なんばん》わたりの葡萄酒なんて、呑めるとしたって、それは民じゃないんじゃないかと」

おちよが思うことを口にした。

「違《ちげ》えねえ」

あんみつ隠密は一つうなずいてから続けた。

「天保《てんぽう》の世になってから、なにかと窮屈《きゅうくつ》だから言ってみたんだが、おかみの言うとおりだ。これからも文句を言わずに励むぜ」

黒四組のかしらはそう言って渋く笑った。

ややあって、外で話し声が響き、人が続けざまに入ってきた。

二人組は岩本町の御神酒徳利、湯屋のあるじの寅次と、野菜の棒手振りの富八だ。

もう一人は長吉だった。

「おう」

と、おちよに向かって軽く右手を挙げ、一枚板の席の先客に会釈してから座敷に腰を下ろす。

「今日は休み？」

　おちよが訊いた。

「おう。千吉らは見世で修業させてるから来ねえがな」

　長吉が答えた。

「どういう修業で？」

　あんみつ隠密が問うた。

「客に出せねえ魚や野菜を使って、一日じゅう包丁の修業をさせてまさ。脇板や煮方のかしらなどが持ち回りで指南役《しなんやく》をつとめて」

「なるほど。あるじはやらねえのかい」

　安東満三郎はさらに問うた。

「いや、おれもやってたんですがね。ついては……」

　長吉はいったん言葉を切ると、厨のほうを見た。

「時吉」

　と、声をかける。

「はい、何でしょう」

　時吉は肴をつくる手を止めた。

「ひとまずは二月《ふたつき》にいっぺんくらいでいいんだが、おめえにも指南役をやってもらえねえかと思ってよ。おれもだいぶ足腰が弱ってきたんで、一日じゅう立ちっぱなしで指南するのはつらくなってきちまった。弟子に死なれたのもこたえてよ」

長吉はあいまいな顔つきで言った。

「そりゃ無理もねえこって」

「二十歳そこそこじゃ若すぎるからよ」

寅次と富八が言った。

「どうする？　おまえさん」

おちよが訊く。

「二月にいっぺんなら、やらせていただきますよ」

時吉はそう請け合った。

「なら、長吉屋で千坊を指南するわけだ」

万年同心が笑みを浮かべた。

「せがれが成長した証《あかし》だよ」

あんみつ隠密も言う。

酒が来た。

「ひとまずは、ってことだが……」

長吉はそう言うと、寅次が注いだ酒を呑み干した。

「なら、続きがあるの？」

おちよが問うた。

「いや……鬼が笑うからな。ま、何にしても」

長吉は座り直して続けた。

「足がまだ動くうちに、ほうぼうを回ってみてえやね」

そこから巡礼《じゅんれい》の話になった。

かつてわけあって秩父《ちちぶ》の札所《ふだしょ》を回ったことがあるが、できれば東国の観音様の札所を巡ってみたい。

長吉にはそんな望みがあるようだった。

「隠居でもしなきゃ、巡礼は無理じゃない？　おとっつぁん」

おちよがややいぶかしげな表情で言った。

長吉はあいまいな笑みを返しただけで、とくに何も答えなかった。

四

花時になった。

この時季、のどか屋はことに忙しくなる。

花見弁当の注文がほうぼうから入るからだ。

「はいはい、猫の手も借りたいくらいなんだから」

おちよがゆきに向かって言った。

いつまでも子猫気分が抜けない猫で、「あそんで」とばかりにしょっちゅう甘えてくる。

「やっぱり小鯛の塩焼きだね、花見弁当の顔は」

厨の時吉の手さばきを見ながら、隠居が言う。

「刺身だと日が当たって悪くなったら困りますからね」

時吉が答えた。

「のどか屋じゃないと味わえないこれも具かい？」

元締めがあるものを箸でつまんだ。

「ええ、入れさせてもらってます」

時吉は笑みを浮かべた。

菜の花の胡麻和えだ。

いまでは普通の料理だが、当時の菜の花は菜種油にするのがもっぱらで、食用にはされていなかった。さりながら、ほどよくゆでればいい按配の苦みがうまい食材だ。

時吉はつてを頼って仕入れ、折にふれて供している。

天麩羅や炊き込みご飯はいま一つだったが、細かく裂いて散らし寿司の具にするとうまい。うどんの具にもなる。ことに、平たい鍋に油を引いた焼きうどんに合った。

「ほかにも多士済々《たしせいせい》だね」

できつつある花見弁当を指さして、元締めが言った。

「だし巻き玉子に花ちらし、椎茸と隠元の煮物に海老の天麩羅」

おちよが唄うように言った。

「稲荷寿司も入ってますから」

おけいも笑顔で和す。

その話を聞いて、おそめが案内してきたばかりの二人連れの客が相談を始めた。

「花見もええかもしれんな」

「いまから弁当頼めるやろか」

「今日の分はあかんやろ」

「いや、明日の話や」

どうやら上方《かみがた》から物見遊山に来た客らしい。地声が大きいのでおちよの耳には筒抜けだった。

「明日の分でしたら、ご用意いたしますよ」

おちよがだしぬけに声をかけたから、客は驚いた様子だったが、水を向けられるままに明日の弁当を頼んだ。

「えらいすんまへんな」

「こら楽しみや」

二人組が笑みを浮かべる。

「わたしは大和梨川の出なんですが、そちらさまはどちらから?」

花見弁当の仕上げをしながら、時吉が問うた。

「そら、近いですな。わたいら近江《おうみ》のあきんどで」

「江戸は久々でしてな」

恰幅《かっぷく》のいい客が言った。

「それは楽しみですね。明日もいいお天気でしょう」

隠居が温顔で言った。

「このへんで花見っちゅうたら、どこがよろしいでしょうかねえ」

「夜桜見物とかもでけますのん？」

二人組が問う。

「墨堤《ぼくてい》か上野のお山がよろしいかと」

「ちょっと足を延ばせば飛鳥山《あすかやま》も」

「提灯を持って夜桜見物に行かれる方もいらっしゃいます」

「火の元にだけはお気をつけて」

のどか屋の女たちが口々に言った。

「ほな、川が見えるほうがええさかい、墨堤にしよか」

「そやな。悪いけど、弁当二つ頼みます」

客の一人が頭を下げた。

「ありがたく存じます」

おちよも笑顔で一礼した。

ややあって、今日の花見弁当の頼み手がのれんをくぐってきた。

大和梨川藩の二人の勤番の武士だ。

「お世話になります」

杉山勝之進がさわやかに一礼した。

「できておりますでしょうか」

寺前文次郎が愛嬌のある笑みを浮かべた。

「ちょうどいま仕上がったところです、八人前の花見弁当」

時吉が伝えた。

「いま風呂敷にお包みしますので」

おちよがばたばたと動いた。

手伝うわけでもないのに、小太郎としょうがついていく。

「大車輪の働きだったよ」

と、隠居。

「うまそうな弁当でうらやましいですな」

元締めも和した。

花見弁当は一人分が二重の折詰になっている。おけいとおそめも手伝い、紐を十字にかけてから風呂敷に包む。二人の武士が両手で持てば、ちょうど八人分を運ぶことができた。

「今日は遅くまで？」

おちよが問う。

「そのへんはまあ成り行きで」

「酒はべつの者が仕入れに行ってますので」

二人の武家は上機嫌で答え、花見弁当を手にのどか屋を出ていった。


「のどか屋では花見をやらないのかい？」

隠居がたずねた。

「千吉が修業に行っちゃいましたからねえ」

座敷の片づけをしながら、おちよは答えた。

近江のあきんどたちは浅草寺の見物に出た。いまはがらんとしている。

「だったら……」

元締めが猪口を置いて続けた。

「長吉屋と一緒にやればどうだい？　潮来から来た最後のお弟子さんを励ますとか、

何かわけをこしらえてさ」

信兵衛は知恵を出した。

「そりゃ名案だね。さすがは年の功だ」

「ご隠居にそう言われたくはないですよ」

元締めがあわててそう言ったから、のどか屋に笑いがわいた。

次の肴が出た。

筍の穂先焼きだ。

やわらかい筍の穂先を下ゆでし、刷毛で醬油を塗りながら香ばしく焼いて木の芽を散らす。春の恵みのひと品だ。

「うまいね」

元締めがまずうなった。

「料理人なら千坊くらいかね、この筍は」

と、隠居。

「その下の寅吉くらいでしょうか」

時吉が笑みを浮かべて答えた。

「じゃあ、おとっつぁんとこと一緒にやるのはどうかしら、お花見」

おちよが案を出した。

「それはいいが、旅籠はどうするんだ？」

時吉がたずねた。

「お花見のあいだでしたら、わたしらだけでできますから」

おけいがおそめを手で示した。

「おこうちゃんにも来てもらって、もし何か料理をご所望ならつくり置きのものをお出しすればいいだろう」

元締めが絵図面を示した。

「お燗はできますし、わたしだって簡単なものならつくれますから」

おけいが二の腕をたたいてみせた。

「だったら、明日長さんのところへ行って話してくるよ」

隠居が言った。

かくして、段取りが決まった。

五

「そりゃ、早くしねえと散っちまいますな」

長吉屋のあるじが言った。

「世の中は三日見ぬ間の桜かな、と言うからね。咲くのも早いが、散るのも早い」

一枚板の席に座った隠居が言った。

「わたしはいち早く飛鳥山に出かけてきましたよ」

隣り合わせた蠟燭《ろうそく》問屋のあるじが言った。

「桜を見ると、ああ今年も一年生き延びたなと思うね、わたしらくらいの歳になると」

季川が言う。

「わたし『ら』って、お仲間にしねえでくださいまし」

長吉がそう言ったから、一枚板の席に和気が漂った。

「まあ、人がいなくなっても花は咲くからね」

蠟燭問屋の隠居が妙にしみじみと言った。

「たしかに、花は咲きますな」

長吉がうなずいた。

「花を見ると、また気張ろうっていう気にもなるよ」

べつの客が一枚板の隅のほうから言う。

「いずれおのれにも花が咲くだろうからね」

隠居が温顔で言った。

そんなやり取りがあったあと、長吉は機を見て脇板の大吉に耳打ちした。だいぶつとめが長くなったが、このたび女衆の一人とめでたく所帯を持ち、遅ればせにのれんを出すことになった。この夏には独り立ちするので、顔つきが引き締まっている。

「あっ、ご隠居さん」

ややあって、姿を現した千吉が言った。

大吉が呼びにいったのだ。

「まずは『いらっしゃいまし』だろう？」

長吉がとがめる。

「あ、そうだ。いらっしゃいまし」

千吉はぺこりと頭を下げた。

「いらっしゃいまし」

うしろには寅吉もいた。

結ったばかりの髷がひょこっと揺れる。

「おまえら、花見へ行きてえか？」

長吉がたずねた。

「あ、はい、行きます」

千吉が元気よく手を挙げた。

「そりゃ行きたいよな」

蠟燭問屋のあるじが笑った。

「うちもみな喜んでたよ」

お付きの手代も言う。

「寅吉はどうだ」

長吉は最後の弟子にたずねた。

「はい……兄ちゃんにも見せてやりたいんで」

寅吉は腰の御守りにさわった。

「いつも一緒だからな」

長吉が言った。

いちばん年若の弟子がうなずく。

「よし、なら、次の休みは花見だ」

長吉は段取りを決めた。

「わーい」

素の顔で千吉が喜ぶ。

「ただし、昼までは修業だぞ。手の込んだ花見弁当をつくるんだ」

長吉屋のあるじが包丁の柄をぽんとたたいた。

「はいっ」

「気張ってやります」

弟子たちの声がそろった。

「厳しくやるからな。信吉にも言っとけ」

長吉は厳しい顔をつくって言った。

「なら、時さんのところにも明日行ってくるよ。のどか屋はのどか屋でつくるだろうからね」

隠居が笑みを浮かべた。

「どっちの花見弁当がうめえか勝負だ、とちよに伝えといてくださいまし」

長吉の目尻にしわが浮かんだ。

益吉を亡くしてひと頃はだいぶ気落ちしていた古参の料理人だが、やっと表情が明るくなってきた。

終章　味の船へ（吹寄せ寿司）

一

本日、ひるよりおやすみ
はたごはやつてゐます
　　　　　　　　のどか屋

のどか屋にそんな貼り紙が出た。

泊まり客もいるから、朝はいつもどおりに豆腐飯を出したが、昼の膳は休みにした。花見弁当をつくって早めに出なければならないからだ。

「これくらいでいいだろう」

時吉が手を止めた。

「そうね。向こうのほうが表なんだし」

おちよが言った。

「多めにつくったから、みなで食べてください」

時吉が元締めの信兵衛と女たちに言った。

「そりゃありがたい。今日は見世番だからね」

元締めが笑みを浮かべた。

小料理屋のほうは今日みたいに休むこともあるが、旅籠は始終開いている。だれかは番で残らなければならない。

「鯛の塩焼きと紅白蒲鉾、それに、青蕗《あおふき》と高野豆腐《こうやどうふ》の煮物、筍の土佐煮くらいしか入ってませんが」

時吉が弁当の中身を告げる。

「くらい『しか』って、それだけあれば充分だよ」

元締めが笑みを浮かべた。

「向こうでは何をつくってるんです？」

おけいがおちよにたずねた。

向こう、とは浅草の長吉屋のことだ。

「朝から気張って寿司弁当をつくるって。玉子料理や揚げ物も、浅草から運んだほうが近いから」

おちよが答えた。

これから時吉とおちよが長吉屋へ赴き、隠居も加わって墨堤へ花見に行く。浅草から横山町へ来たのでは、向きが逆さだから二度手間になってしまう。

「うちらのときも、長吉屋さんに花見弁当をつくってもらったからね」

信兵衛が言った。

今日はのどか屋の留守番だが、女たちはひと足早く元締めらとともに花見に出かけていた。

旅籠の呼び込みが一段落してから上野のお山のほうへ向かえば、日のくれまで花を楽しむことができる。西日を受けた桜の花もなかなかに風情《ふぜい》があるものだ。

「ええ。おこわがとってもおいしかったです」

おそめが言った。

「だし巻き玉子も上品でおいしくて」

今日は手伝いに来ているおこうも笑みを浮かべた。

「瓢《ひさご》のかたちに上手にまとめてあって、食べるのがもったいなかったくらい」

と、おけい。

「今日もお弁当に入ってるかも。……ねっ」

おちよがひょこひょこと歩いてきた小太郎に言った。

玉子が好きな猫で、油で炒めたあとの平たい鍋をなめようとするから、しょっちゅう叱られている。

そうこうしているうちに、支度が整った。

「では、元締めさん、相済みませんが」

時吉が信兵衛に言った。

「ああ。お任せあれ」

元締めは軽く右手を挙げた。

「おけいちゃん、よろしく」

風呂敷包みを提げたおちよが言った。

「行ってらっしゃいまし」

「お気をつけて」

女たちと猫に見送られて、時吉とおちよはのどか屋を出た。

二

「手毬《てまり》寿司や手綱《たづな》寿司ほどじゃねえが、この寿司も技が肝要だぞ」

長吉が厨で教えた。

「はいっ」

弟子たちが元気よく答える。

千吉と兄弟子の信吉、それに弟弟子の寅吉。

三人の弟子をつれて、これから墨堤へ花見だ。

長吉屋は休みだから、ほかにも花見に出かける女衆や料理人がいる。おかげで、客はいないのに妙に活気があった。

「散らしや握りと違って、吹寄せ寿司は具にもしっかり味をつけてやるのが骨法《こっぽう》だ。しかも、おんなじ味つけじゃいけねえ。濃いめがありゃ、さっぱりしたのもある。そうやって山あり谷ありにしていけば、味が違ってうまくなる」

長吉はなおも教えた。

若い弟子たちの修業にもなるから、花見弁当は多めにこしらえることにした。

その顔になるのが、吹寄せ寿司だ。

春の風に乗ってさまざまなものが吹き寄せられてきたさまをお重《じゅう》の中に現した料理で、深めのお重に盛り付けるから食べでがある。見世ではこれに吸い物をつければ会食にも出すことができる。

「皿に盛ったときのことも思案して盛り込むんだぞ」

長吉が言った。

「承知で」

「難しいけど」

寅吉が首をひねった。

「上と下がおんなじになればいいんだよ」

千吉が教える。

「それが難しくって」

寅吉は髷に手をやった。

吹寄せ寿司の盛り付け方にはさまざまあるが、今日は稽古を兼ねて深めのお重への盛り込みにした。

酢飯の上に具をのせると彩りが鮮やかだが、皿にあけると飯しか見えない。それでは華がないので、上の具と同じものを先に底へ仕込んでおく。これが盛り込みだ。

「皿も持っていくからな。上手下手がすぐ分かるぞ」

長吉がいくらかおどすように言った。

今日の吹寄せ寿司は東西南北の四つに仕切ってある。

東はあわびや蛤などの貝。しっかりと味をつけて切り昆布をまぶしてある。

西は光りもののこはだ。こちらはさっぱりとした酢じめだ。

南は筍の煮物。下におかひじきを敷き、青みもつけてある。一緒に食すと食べ味も変わってうまい。

北は錦糸玉子。木の芽もあしらったさわやかな寿司だ。

「よし、おおむねまとまったな」

長吉の目尻にしわが浮かんだ。

「ほかのお重もできました」

千吉が言った。

寿司ばかりでなく、朝からほかの料理も稽古していたから大忙しだ。

支度が整ってほどなく、隠居が姿を現した。

「先に見たら楽しみがなくなるね」

隠居は芝居がかった調子で目を覆った。

「開けてのお楽しみで」

千吉が白い歯を見せた。

ややあって、時吉とおちよが風呂敷包みを手にやってきた。

「ちょっと多すぎたかしら」

長吉屋の分を見て、おちよが瞬きをした。

「なに、食べ盛りが三人もいるんだ。これくらいは食えるよな」

長吉が弟子たちを見廻して問うた。

「はいっ」

「いただきます」

「残さず食べますんで」

三人の弟子たちは明るい表情で答えた。

三

花見の一行は吾妻橋《あづまばし》をゆっくりと渡っていった。

渡しを使うという手もあるが、花見どきは順待ちになる。そこで、徒歩《かち》にてまず川向こうへ渡り、墨堤の花の名所を目指して歩くことにした。遠くにかすむ桜色がしだいにくっきりとしてくるのも乙《おつ》なものだ。

「重かねえか？」

長吉が最後の弟子に声をかけた。

おのれだけ何も持たないのは心苦しいと言うから、弁当を少し持たせてみたのだが、橋には上りがある。寅吉はいささか大儀そうだった。

「平気です」

そう言いながらも、額には汗が浮かんでいた。

「わたしが持ってあげようか？」

千吉が気遣って問う。

「休みながら歩けば平気だべ、千吉兄さん」

寅吉は笑みを浮かべた。

「なら、ここで休むか。景色がきれいだ」

時吉が大川《おおかわ》の上手《かみて》を指さした。

「ほんと、いいお天気だし」

おちよも歩みを止める。

これから花見に行く墨堤のほうが薄紅色にかすんでいる。その上の空が青いから、ことに絵のようで美しい。

「おう、これからかい？」

みなで景色をながめていると、だしぬけに声がかかった。

のどか屋のなじみの大工衆だ。

「そちらは帰りで？」

時吉がたずねた。

「へへ、分かるかい」

「仕事道具を持ってねえしな」

「顔も赤《あけ》えし」

大工衆が口々に言う。

聞けば、川向こうの普請仕事が一段落したので、花があるうちにと酒を買って花見をしてきたらしい。

「おっ、うまそうな弁当だな」

「見なくたって分かるぜ」

「おれら、あたり目と長命寺《ちょうめいじ》の桜餅で呑んでたんだがよ」

大工衆はにぎやかだ。

向島《むこうじま》の長命寺の門前で売られる桜餅は、江戸の昔から変わらぬ名物だ。八代将軍徳川吉宗《とくがわよしむね》が墨堤に桜並木を植えて名所にした。花見の客が大勢つめかければ土が踏み固められていい堤になるという深謀遠慮《しんぼうえんりょ》は図に当たり、江戸の桜の名所としていまも多くの人が足を運んでいる。花見どきになると、長命寺の桜餅も飛ぶように売れていた。

「なら、来年はうちで花見弁当をこしらえてくださいまし」

おちよが如才なく言った。

「うちでもいいよ」

千吉が言った。

「おう、千坊、おめえはもう長吉屋のほうかい」

「そりゃ修業先だからよ」

「偉え心がけじゃねえかよ」

大工衆が冷やかす。

「んーと……花見弁当はどっちもやってますので」

千吉が少し迷ってからそう言ったから、吾妻橋のなかほどでどっと笑いがわいた。

四

ちょうどいいところが空いていた。

いくらか小高くなっており、桜のみならず大川の水の流れもはっきりと見える。

「ふう」

と、時吉が息をついた。

弁当ばかりでなく、座るための筵《むしろ》も丸めて背負ってきた。これはかなりの重さだ。

「お疲れさま、おとう」

千吉が労をねぎらう。

「なんの。広げるから手伝ってくれ」

時吉は筵を下ろして言った。

ほどなく、支度が整った。

運んできた弁当を広げ、みなが車座になる。酒と茶も行きわたった。

「では、食いものはたんとあるので、箸を動かしてくれ」

長吉が身ぶりで示した。

「わあい」

「いただきます」

三人の弟子たちがさっそく箸を伸ばす。

「やっぱりあったわね、瓢《ひさご》のだし巻き玉子」

おちよが時吉に言った。

「花見弁当の顔の一つだからな」

と、時吉。

「何をつくってくるか、うわさでもしてたのかい」

隠居がたずねた。

「ええ。これは入ってるだろうって」

おちよはそう言って、だし巻き玉子に手を伸ばした。

「よし、皿に取り分けるか」

長吉が重箱を指さした。

「寅ちゃん、やる？」

千吉は寅吉にたずねた。

「ううん、でも……」

弟弟子はしり込みをした。

「しくじって覚えるもんだべ」

信吉にそう言われて、寅吉はやっとやる気になった。

「木べらを底に入れて、皿でふたをして、わっとひっくり返せばいい」

長吉が身ぶりをまじえて教えた。

「なら、いくよ……一《ひ》の、二《ふ》の、三《み》っ」

かけ声を発しながら、寅吉は手を動かした。

いくらか崩れたが、錦糸玉子の吹寄せ寿司が皿に盛られた。

「……できた」

寅吉は笑みを浮かべた。

「おう、それなら上出来だ」

師匠も笑う。

「わたしにもおくれでないか」

隠居が所望した。

「はい、ただいま」

寅吉は次の皿を手に取った。

いくたびも試みるにつれて、手際は少しずつ上手になっていった。吹寄せ寿司ばかりでなく、ほかの料理も請《こ》われるままに取り分けていく。

穴子《あなご》と牛蒡《ごぼう》の湯葉《ゆば》巻《ま》きは、長吉屋らしい手の込んだ料理だ。湯葉の上に下味をつけた穴子と牛蒡をのせてきれいに巻き、ことことと含め煮にする。粗熱《あらねつ》が取れてから切れば、見た目も楽しいひと品になる。

その隣には姫竹の煮物、たらの芽の天麩羅、蕨《わらび》のお浸し……春の恵みがふんだんに詰まっている。

小鯛の木の芽寿司は、弟子たちがてこずった料理だ。寿司飯がまだ人肌のうちに木の芽をまぜてなじませ、俵型にまとめて小鯛の笹漬けをのせる。

これを見た目よく縛る。さっとゆでた三つ葉を二本まとめて紐にしてから縛るのだが、みな苦労していた。

その一つを、寅吉が皿に取り分けた。

「これはおらがつくったべ」

寅吉は感慨深げな面持ちで言った。

「さあ食うべ、兄ちゃん」

いちばん年若の弟子は、さまざまな料理を取り分けた皿を、筵の端に置いた。

「上座だからね」

隠居が温顔で言った。

長吉は無言でぐい呑みをもう一つ置いた。

申し合わせたわけではないのに、益吉の陰膳ができあがった。

「呑め」

長吉が酒を注いだ。

「あの世から見る桜はどうでい。あっちにはもう慣れたかい」

師匠が情のこもった声をかけた。

いくらか陰っていた日の光が、またさあっと降り注いできた。

その光を弾きながら、大川の水が流れていく。

寅吉は腰の御守りにさわった。

益

ちょっといびつな縫い取りのある、潮来のあの御守りだ。母が万感の思いをこめて縫い上げた赤い御守りにも、あたたかな春の光が降り注ぐ。

「見て、兄ちゃん」

寅吉は御守りを少し動かした。

風に乗って、花びらがいくつも舞ってきた。

「わあ」

千吉が思わず声をあげる。

墨堤の桜はいくらか盛りを過ぎた。強い風が吹けば次々に散ってしまうだろう。

「見てるわよ、兄ちゃんは」

おちよがやさしく言った。

寅吉がこくりとうなずく。

「ちょうど来てら、このあたりに」

長吉が陰膳を手で示した。

「兄さんの味が、ふっとした」

千吉が口走った。

「呉汁の蕎麦水団汁か？」

祖父が問う。

「うん、いま食べたみたいに」

孫が答えた。

益吉が世を去ったあとも、長吉屋ではまかないとして折にふれて呉汁の蕎麦水団汁が出る。

名もついた。益吉汁だ。

「浄土から見えねえ味の船を流してくれてるんだ、益吉のやつがよ」

古参の料理人はそう言うと、そっと目元に指をやった。

また風が吹く。

流れてきた花びらが一つ、御守りの益の字に重なった。

「さて……」

隠居が座り直した。

「ここいらで発句《ほっく》を詠《よ》まないといけないね。こう見えても俳諧師だから」

湿っぽくなった座の雰囲気を変えるように、季川は言った。

「どこから見ても俳諧師ですよ、師匠は」

おちよがおかしそうに言った。

「いや、宗匠帽が得手《えて》じゃなくてかぶってないから」

隠居は白くなった髷に手をやると、一つ咳払いをしてから発句を詠んだ。

大川へ吹かるる花は味の船
「『流るる』のほうがいいかねえ」

季川が首をひねる。

「いま言った味の船を採ってくだすったんですな」

長吉がうなずいた。

「花びらのゆくえを目で追っていたら、見えない味の船にひらりと乗ったという景色なんだが、発句に盛りこめる言葉はかぎられているからね。何年やっても難しいものだよ」

隠居はそう言うと、女弟子のほうを見た。

「さあ、こんな発句だが、付けておくれ」

笑みを浮かべて言う。

おちよはしばらく思案してから、こう付句を発した。

あやめ咲くころまためぐり合ふ

「なるほど」

季川がひざをたたいた。

「潮来のあやめと懸けてあるんだね」

隠居は笑みを浮かべた。

「兄ちゃんは、江戸にも潮来にも行ける。水になって、風になって、どこへでも行ける」

半ばはおのれに言い聞かせるように、寅吉は言った。

日ざしが急に濃くなった。

「また来たわ、光になって」

おちよが手をかざした。

「わたしらを守ってくれるよ、益吉兄さんは」

千吉が言った。

「うん」

寅吉はうなずき、手のひらを上に向けた。
ふるふると花びらが散る。
そのひとひらが春の光を受けながら風に乗って、小さな手の上にふっと止まった。

［参考文献一覧］

『一流料理長の和食宝典』（世界文化社）
志の島忠『割烹選書　四季の一品料理』（婦人画報社）
野﨑洋光『和のおかず決定版』（世界文化社）
『一流板前が手ほどきする人気の日本料理』（世界文化社）
『人気の日本料理2　一流板前が手ほどきする春夏秋冬の日本料理』（世界文化社）
大田忠道『レパートリーが豊かになる四季の刺身料理』（旭屋出版）
松本忠子『ふだんがよそいき和食のおもてなし』（文化出版局）
畑耕一郎『プロのためのわかりやすい日本料理』（柴田書店）
鈴木登紀子『手作り和食工房』（グラフ社）
志の島忠『割烹選書　茶席すし』（婦人画報社）
志の島忠『割烹選書　懐石弁当』（婦人画報社）

『復元・江戸情報地図』(朝日新聞社)
『潮来町史』(潮来町)
日置英剛編『新国史大年表　五-II』(国書刊行会)
今井金吾校訂『定本武江年表』(ちくま学芸文庫)
西山松之助編『江戸町人の研究　第三巻』(吉川弘文館)
「水郷潮来観光案内」(水郷潮来観光案内所)

ウェブサイト「やかたのオヤジ」
「潮来なんでもサイト」
ウェブサイト「観光いばらき」
ウェブサイト「クックパッド」

時代小説

二見時代小説文庫

兄《にい》さんの味《あじ》　小料理《こりょうり》のどか屋《や》 人情帖《にんじょうちょう》23

著者　倉阪鬼一郎《くらさかきいちろう》

発行所　株式会社 二見書房
東京都千代田区神田三崎町二－一八－一一
電話　〇三－三五一五－二三一一［営業］
　　　〇三－三五一五－二三一三［編集］
振替　〇〇一七〇－四－二六三九

印刷　株式会社 堀内印刷所
製本　株式会社 村上製本所

落丁・乱丁本はお取り替えいたします。
定価は、カバーに表示してあります。

 ISBN978－4－576－18093－9
http://www.futami.co.jp/